El sueño de plata

El sueño de plata

Neil Gaiman y Michael Reaves

con Mallory Reaves

Traducción de Mónica Faerna

Rocaeditorial

Título original: *The silver dream*

© Neil Gaiman, Michael Reaves y Mallory Reaves, 2013

Primera edición: abril de 2014

© de la traducción: Mónica Faerna
© de esta edición: Roca Editorial de Libros, S. L.
Av. Marquès de l'Argentera 17, pral.
08003 Barcelona
info@rocaeditorial.com
www.rocaeditorial.com

Impreso por EGEDSA
Roís de Corella 12-16, nave 1
Sabadell (Barcelona)

ISBN: 978-84-9918-747-1
Depósito legal: B. 5.474-2014
Código IBIC: YFH; YFC

Para Mallory,
con todo el cariño
de Michael y Neil.

Guía de Caminantes

EQUIPO DE JOEY

Joey Harker

J/O HrKr: varón, versión ciborg de Joey, algo más joven que él.

Jai: varón, oficial de rango superior. Espiritual, le gustan las palabras rimbombantes.

Jakon Haarkanen: hembra, tiene aspecto de lobo.

Jo: hembra, tiene alas blancas, solo puede volar en los mundos donde hay magia.

Josef: varón, procede de un planeta más denso. Grande y fuerte.

OTROS CAMINANTES DESTACADOS

Jaya: hembra, cabello pelirrojo dorado, voz como la de una sirena.

Jenoh: hembra, parece un gato. Traviesa.

Jerzy Harhkar: varón, ágil y con aspecto de pájaro, tiene plumas en lugar de cabello. Fue el primer amigo de Joey en la base.

Joaquim: varón, Caminante nuevo.

Joliette: hembra, parece un vampiro. Mantiene una amistosa rivalidad con Jo.

Jorensen: varón, oficial de rango superior. Afable y taciturno.

PROFESORES Y OFICIALES

Jaroux: varón, el bibliotecario. Ama el conocimiento, es afable y extravagante.

Jayarre: varón, profesor de cultura e improvisación. Alegre, carismático.

J'emi: hembra, profesora de lenguas básicas.

Jernan: varón, intendente. Estricto y muy quisquilloso con el equipamiento.

Jirathe: hembra, profesora de alquimia. Su cuerpo está hecho de ectoplasma.

Joeb: varón, líder del equipo, oficial de rango superior. Despreocupado, de actitud fraternal.

Jonha: varón, oficial. Procede de un mundo mágico. Su piel es como la corteza de un árbol.

Jorisine: hembra, oficial. Procede de un mundo mágico. Parece una elfa.

Joseph Harker (el Anciano): varón, el líder de Inter-Mundo. Es una versión de Joey mayor que él. Severo, tiene un ojo cibernético.

Josetta: hembra. Es la secretaria del Anciano. Afable, muy organizada, sensata.

Josy: hembra, oficial, tiene el cabello largo y dorado con cuchillos trenzados en él.

Capítulo uno

*L*lamadme Joe.

Por favor.

No es que tenga nada contra Joey, es un nombre tan bueno como cualquier otro y ha cumplido perfectamente con su función durante los primeros dieciséis años de mi vida. Pero esa no es la cuestión. La cuestión es que tengo dieciséis años, casi diecisiete, y ya no me reconozco en el diminutivo Joey. Aunque tampoco es de extrañar, teniendo en cuenta que he conocido más versiones de mí mismo que clones hay en *Star Wars*. Si me paro a pensarlo, yo diría que estoy atravesando la mayor crisis de identidad de todos los tiempos, de modo que si quiero quitarle una puñetera letra a mi nombre, creo que estoy en mi derecho.

Eso era lo que intentaba explicarle a Jai, y no estaba siendo fácil porque, al igual que con el resto del equipo, habíamos sido detectados por exploradores binarios que nos lanzaban una especie de globos alargados de mercurio; tampoco resulta fácil hablar con Jai, salvo que tengas un chip-diccionario insertado entre las orejas. Y no es mi caso.

Jai escuchaba mientras les lanzaba globos de mercurio (que en realidad se llaman vainas de plasma, por si os interesa), y a continuación me preguntó:

—¿Estás total e inequívocamente seguro?

Detrás de él, Jakon se subió de un salto encima de un condensador, se agachó con gran elegancia y comenzó a gruñir mientras buscaba su próxima presa. La versión lobuna y femenina de mí parecía estar divirtiéndose ligeramente con todo aquello. Siempre se divertía, pero supongo que no tiene nada de malo disfrutar haciendo tu trabajo...

—Perdona —dijo abruptamente Jai, apuntando por encima de mi hombro hacia el extremo opuesto de la gran cámara de la central eléctrica. Disparó el emisor, que hizo un ruido como *¡zuip!* Capté de manera fugaz y distorsionada un movimiento a mi espalda, reflejado en la pechera del traje de combate de Jai: un explorador binario montado en una tabla antigravedad pretendía atacarnos por sorpresa. Entonces la vaina de plasma se estrelló contra él y anuló la fuerza vinculante en su núcleo atómico, que es como Jai lo habría descrito. Yo diría más bien que desapareció en medio de una nube de humo con un ruido como *¡¡zzzaft!!*

Esto hizo que ambos bandos se tomaran un pequeño respiro, que aproveché para preguntar qué había querido decir.

—¿Eh? —dije. (Soy mucho menos elocuente que Jai.)

—¿Estás total e inequívocamente seguro? —repitió con paciencia. Apuntó sucesivamente el emisor en distintas direcciones. *Zuip. Zuip.*

A mi lado, J/O disparaba su cañón láser apuntando a un grupo de exploradores que le atacaban.

—Pregunta que si estás seguro —me aclaró, y puse los ojos en blanco. J/O sí tenía un chip-diccionario entre las orejas, y no perdía ocasión de pasármelo por las narices. Me limité a ignorarlo.

—¿De que quiero cambiar de nombre? Sí.

—No, de que dieciséis años es tu verdadera edad cronológica.

Iba a decirle que, definitivamente, su cerebro empezaba a ser demasiado grande para su cráneo, pero me callé. En cierto modo tenía razón.

Aunque en el Entremedias no viajamos en el tiempo en el sentido más clásico de la expresión, todos sabemos que el Tiempo no es algo independiente y distante de la miríada de mundos que constituyen las distintas versiones del planeta Tierra. Nunca he visto una versión de la Tierra en la que uno tuviera la impresión de que el tiempo transcurría de forma distinta —versiones de la Tierra en las que la gente ha-bla-a-a-a-ra... m-m-u-u-y... de-e-e-e-s-p-a-a-a-c-i-o-o..., o en las que todoshablarancomoenunapelículamuda— y, sin embargo, la mayoría de la gente sabía que el tiempo transcurría más deprisa en determinados planos y más despacio en otros. Del mismo modo que sabían que después de pasar algún tiempo en esos otros mundos, tu propia noción del tiempo, por no hablar ya de tu cuerpo, se acostumbraba a su nueva realidad temporal.

He estado en varios de esos planos paralelos desde que entré a formar parte del Entremedias, y eso podía justificar perfectamente la pregunta de Jai, pero solo hasta cierto punto. Por lo que sé, yo podría ser mayor de lo que indicaría mi fecha de cumpleaños. O más joven. El problema es que no hay manera de medir el tiempo transcurrido «fuera» del plano en el que nos encontramos. E incluso si la hubiera, ¿qué hacemos con el tiempo que he pasado en el Entremedias, ese

13

imposible entramado formado por diversas realidades y mundos que los Caminantes usan como atajo para pasar de una realidad a otra? Además, todo era subjetivo, de modo que uno tenía simplemente la edad que creía tener.

Se lo dije a Jai, que me miró como si acabara de explicarle que el cielo es azul. (Normalmente. En este mundo tiraba más bien a verde.)

—Indudablemente —dijo, y a continuación volvió a desconcertarme—. ¿Y estás total y absolutamente seguro de que tu quididad viene definida por tu apelativo?

—¿Mi qué?

—Tu apelativo. Tu nombre.

—Hasta ahí llego. ¿Mi... qui-da...?

—Quididad. Tu esencia. Las cosas que hacen que tú seas tú y no yo.

—Ni yo conocía esa palabra —admitió J/O, dando la impresión de estar archivándola en alguna parte, que probablemente era lo que estaba haciendo.

—Resulta irónico que me hagas esa pregunta —le dije—, teniendo en cuenta que tú eres yo. O yo soy tú, lo mismo da.

—Y sin embargo todos poseemos ciertas cualidades que nos hacen únicos. La quididad es el conjunto de todos esos detalles característicos que hacen que tú seas tú.

¡¡Zuip. Zuip. Zzzaft!!

Seguí dándole vueltas mientras otro colinabo mordía el polvo. Me estaba acostumbrando a verlo, y eso me tranquilizaba y a la vez me molestaba, no sé si me entendéis. El emisor deshacía la conexión entre los átomos limpiamente. Y después, simplemente desaparecían. Y tampoco eran personas propiamente di-

chas. Parecían humanos hasta que los veías de cerca;
entonces te percatabas de que su piel tenía una calidad cerúlea, como si estuviera a medio hacer, lo cual
tenía su razón de ser, pues no eran más que clones
hechos de celulosa y materia vegetal. El binario era
perfecto como carne de cañón, del mismo modo que
los zombis para los ejércitos Maldecimales. De entrada, no merecía la pena sentirse culpable por matar
a un ser que estaba prácticamente muerto. Pero aun
así me inquietaba que ya no me importara tanto, si es
que eso tiene algún sentido.

Iba a decirle algo a Jay cuando oí que Josef se acercaba. Este venía de un mundo mucho más denso que la
mayoría de los nuestros, de modo que no era difícil oír
sus fuertes pisadas.

—¿Qué pasa, Josef? —pregunté, sin volver la cabeza, pues acababa de detectar otro colinabo.

No contestó de inmediato, así que disparé (¡*zuip!*) y
giré la cabeza.

—Vienen refuerzos —anunció con aire preocupado.

—¿Cuántos? —preguntó Jay, y entonces supe que
la cosa se estaba poniendo fea, porque normalmente
Jay no formula preguntas de menos de diez sílabas. Josef meneó la cabeza.

—Demasiados como para calcular.

J/O se volvió y miró hacia la pared vacía más cercana.

—Voy a pinchar una de las cámaras de seguridad
del exterior —dijo.

J/O es una versión ciborg de mí, procede de una
Tierra que se está recuperando de la guerra de las
máquinas. Por su cuerpo circula más fluido hidráu-
lico que sangre, de modo que cuando vi palidecer su

15

rostro supe que algo iba muy, pero que muy mal. Era unos años menor que yo, y aunque se defendía bien en las misiones —y se aseguraba de que así constara—, en momentos como aquel su juventud resultaba evidente.

—Vamos a ver —dije.

Tenía un ojo cibernético, casi idéntico al natural salvo por los circuitos que lo atravesaban. Aquel ojo comenzó a brillar y proyectó sobre la pared vacía unas imágenes en blanco y negro del exterior. Al principio no había mucho que ver: más paredes derribadas, vigas al desnudo y cosas por el estilo. Pero luego...

Hubo un movimiento.

Mucho movimiento.

Una multitud de colinabos abarrotaron las devastadas calles; trepando por las paredes, rodeándolas, atravesándolas, incluso saliendo de las alcantarillas y de las grietas del suelo. Solo en los dos primeros minutos pude localizar un centenar de ellos. Y seguían llegando más.

J/O solo había pinchado el vídeo, no el audio, si es que lo había. Era espeluznante verlos avanzar, una oleada tras otra, en completo silencio...

Y entonces me di cuenta de que aquel silencio indicaba también que habían cesado las hostilidades en la central. Los clones vegetales que estaban allí, con nosotros, habían dejado de atacar. Normal: no tenía sentido malgastar efectivos cuando podían sentarse tranquilamente a esperar. Nosotros éramos solo seis y ellos unos quinientos...

De pronto, aquella enorme preocupación por mi nombre no me parecía ya tan importante.

Las paredes y el suelo comenzaron a temblar. Estaban a punto de entrar.

—¿Y ahora qué, impasible líder? —era Jo la que hablaba, otra versión de mí; una chica con alas blancas como las de un ángel.

—Ahora creo que vamos a morir —sentenció Josef. Los tipos grandes suelen tener mucha sangre fría, y no había tipos mucho más grandes que Josef.

Sujeté con fuerza mi emisor.

—No durante mi guardia —dije.

Jakon me miró. Sus ojos brillaron entre el pelo que cubría su cara.

—¿Y qué vas a hacer?

—Algo se me ocurrirá —contesté, con mucha más confianza de la que en realidad sentía.

El disparo efectuado por un colinabo destruyó la cámara que había pinchado J/O. Las imágenes se desvanecieron y en su lugar solo quedaron rayas. Entonces vi que, en el extremo opuesto de la gigantesca sala, los binarios comenzaban a reagruparse. Una ventana que había detrás de nosotros saltó en pedazos, y los colinabos treparon por ella.

Miré a mi alrededor, desesperado. A la izquierda, a la derecha, arriba, abajo; teníamos una rejilla de ventilación justo encima, que probablemente desembocaba en un patio interior, pero no estaba muy seguro de que aquello pudiera resultarnos muy útil. Josef, desde luego, no iba a caber; era casi el doble de grande que yo y unas cuatro veces más denso. Jo tenía alas, pero allí dentro solo podría arrastrarse, salvo que hubiera suficiente magia en el aire para que pudiera volar, y aquel mundo estaba bajo el control de los binarios, mucho más próximos al extremo tecnológico del espectro que al mágico; tampoco podría llevar más que a uno de nosotros, de todos modos.

Alcé el brazo para dar la orden de atacar. No teníamos más tiempo, ni tampoco otra opción. No percibía ningún portal cerca, así que tampoco podíamos escapar por el Entremedias. Si Tono hubiera venido con nosotros en esta misión todo habría sido muy diferente, pero la pequeña criatura pandimensional es un poco como un gato: a veces desaparece de repente y te pasas semanas sin verlo.

Necesitábamos un milagro, pero no iba a confiar en la expresión *deus ex machina* estando como estábamos, rodeados por los binarios.

Íbamos a tener que luchar. Sin embargo, antes de que pudiera dar la orden, el aire que teníamos delante comenzó a brillar. Hacía calor, un calor suave y agradable como el que desprende una chimenea en una noche fría. El brillo adoptó una forma ovalada, y a través de ella entró una niña.

Parecía de mi edad, como mucho. Tenía el cabello negro y despeinado y vestía un extraño atuendo que parecía provenir de diferentes lugares y tiempos: pantalones moriscos, un manto renacentista y una blusa que parecía victoriana. Pero no reparé en todo eso al principio. En un primer momento solo me fijé en sus manos.

En sus uñas, para ser exacto. Cada uña parecía una placa de circuitos. Señaló hacia los exploradores binarios con su índice derecho. La uña se iluminó con una luz verde que rodeó a los colinabos, y… se quedaron congelados. No en términos de temperatura, sino de movimiento. Entonces nos señaló a nosotros con su meñique izquierdo; se iluminó el dedo, y nos vimos envueltos en una luz violeta.

Justo antes de que desapareciera la sala, me miró. Me pareció ver fugazmente unas largas pestañas alrededor de unos ojos violetas.

—De nada, guapo —y me guiñó un ojo.

Vi que Jakon me dedicaba una amplia sonrisa, llena de colmillos. En ese momento, mientras la sala desaparecía a nuestro alrededor, supe que me había puesto colorado hasta las orejas.

Capítulo dos

*L*o más irónico de todo es que soy mundialmente conocido por perderme incluso en el trayecto de mi cama hasta el baño.

Antes pensaba que simplemente carecía de sentido de la orientación. Y es cierto, no lo tengo. Pero si algo he aprendido a lo largo de los dos últimos años es que las cosas nunca son tan simples. Resulta que mi pésimo sentido de la orientación se limita a las tres primeras dimensiones del espacio: longitud, latitud y altura. Pero hay otras dimensiones, un montón. Como mínimo ocho, y seguramente muchas más.

Si intentáis hacer lo que hacía yo al principio —tratar de visualizar ocho direcciones o más a partir de las tres que ya conocemos— acabaréis con un espantoso dolor de cabeza. ¿Dónde están esas otras dimensiones? ¿Por qué no podemos interactuar con ellas del mismo modo que interactuamos con las otras tres?

Pues, según los cerebros más brillantes de Ciudad Base, fueron «compactificadas» (una de las cosas que más molan de ser un científico es que te puedes inventar palabras) en el mismo instante en el que el Universo comenzó a existir; por así decirlo, fueron compactadas hasta quedar reducidas a distancias más pequeñas que el diámetro de un átomo. Si coges cualquiera de las tres dimensiones principales —por ejemplo la altura—, puedes usarla como un vector infinito que salga de la Tierra y vaya más allá de la luna, de Marte... salga del sistema solar y siga prolongándose en la oscuridad. Siempre podrás encontrar un punto más alto.

Eso es porque vivimos —la mayoría de nosotros, al menos— en un mundo tridimensional (o tetradimensional, si nos ponemos en plan técnico). En un mundo tridimensional solo hay sitio para que tres vectores partan de un mismo punto en ángulo recto, o lo que es lo mismo, que sean perpendiculares entre ellos. (El Tiempo es una constante hasta bien avanzada la curva asintótica, así que de momento podemos ignorarlo.) Pero hay otros universos en los que las reglas son más laxas, y en ellos hay espacio para otras direcciones.

21

Lo sé, es difícil de comprender. Pero no lo olvidéis: en realidad, solo conocemos del Universo lo que se filtra a través de nuestros cinco sentidos, que no es mucho. Pensemos por ejemplo en el espectro electromagnético. Incluye prácticamente todas las formas de energía del cosmos, desde las largas y parsimoniosas ondas de radio que utilizamos para comunicarnos, pasando por las microondas que usamos para cocinar, hasta los rayos X y los rayos gamma, cuyas longitudes de onda son tan potentes que podrían eclipsar una galaxia entera. Toda esa majestuosidad, toda esa infinidad de variedades de energía, y nosotros tan solo percibimos una pequeña parte: siete tristes colores. Es como ser invitado a un banquete real y que solo te permitan comer las migajas.

Así que tomad lo que os acabo de contar y tratad de imaginarlo todo a la vez. Las cosas moviéndose en ángulos que ni siquiera sabíais que existían, invirtiéndose, revirtiéndose y transformándose, pintadas de distintos colores, con distintas texturas y sonidos, y mezcladlo todo. Luego imagináoslo reflejado en dos espejos rotos, uno enfrente del otro. Ahora ya tenéis una idea aproximada de qué aspecto tiene el Entremedias.

Allí fue donde nos llevó la niña, aunque fue de lejos la transición más brusca que he experimentado nunca. Había viajado al Entremedias en innumerables ocasiones ya, pero el salto nunca me había mareado tanto como en esa ocasión.

Y sin embargo, allí estábamos; lo supe antes incluso de abrir los ojos. Todos mis sentidos, tanto externos como internos, daban fe de ello. Lo sabía por los increíbles y cambiantes sonidos: se oía sobre todo el tintineo de los carillones, pero de vez en cuando se percibían a lo lejos ruidos como de claxon, el canto de los pájaros, el ruido del agua al correr, y de tanto en tanto, acordes de una vieja canción instrumental de los años treinta que a mi padre le gustaba mucho, *Powerhouse*, de Raymond Scott. Si alguna vez habéis visto los Looney Tunes de la Warner, probablemente os sonará. Percibía también un aroma a pimentón; a chocolate; y un olor medicinal y astringente que no fui capaz de identificar. La brisa era a veces como una caricia de plumas, y otras veces como el tacto de una lija fina. Todo esto lo percibí antes de abrir los ojos.

Entonces los abrí.

Vi que estaba en medio de algo que parecía un globo terráqueo. Tenía unos seis metros de diámetro, y yo sobresalía de él formando un ángulo de cuarenta y cinco grados, a medio camino entre el ecuador y el polo Sur, como el Principito en su asteroide (si asumimos que el polo Sur estaba abajo con respecto a mí y el resto de mi equipo, que estaban de pie, o flotaban, en posiciones de lo más improbable).

Y algo no estaba bien.

Puede que parezca una afirmación un tanto ridícula; después de todo, ¿qué hay en el Entremedias que esté bien? El Entremedias es el vertedero de la entropía, todo es un caos. Decir que algo no estaba bien es como decir que hay algo siniestro en Lord Dogodaga.

Pero era una sensación inconfundible. Es más, era muy persistente.

Jo abrió los ojos entonces, y por la expresión de su cara, supe que ella tenía la misma sensación.

J/O me miró con aire acusador.

—¿Adónde nos has traído?

—¡Eh, yo no os he traído! Ha sido la niña —exclamé.

Técnicamente, Jai era nuestro oficial superior, pero cuando se nos torcieron las cosas en una misión de entrenamiento yo los rescaté de las garras de los Maldecimales, y desde entonces la mayoría me miraba a mí cuando algo iba mal. Ser el líder no oficial del grupo tiene sus desventajas, la mayor de las cuales es que acaban echándote la culpa de todo.

—Muy bien, ¿y adónde nos ha traído tu novia? —El tono de Jo tenía el mismo matiz acusatorio que la mirada de J/O, y volví a ponerme colorado, lo cual no me ayudó mucho, pero aun así protesté:

—Ella no es mi…

Antes de que pudiera terminar la frase, varios miembros de mi equipo dieron muestras de sorpresa mientras miraban hacia algo que había detrás de mí. Me giré al oír una voz que no me resultaba familiar, con las manos en posición defensiva. Sé que parece una de esas películas cutres de kung-fu, pero uno aprende a pensar rápido moviéndose por el Entremedias.

—Sí, yo diría que eso es bastante prematuro —dijo la chica misteriosa, guiñándome el ojo de nuevo— ya que acabamos de conocernos.

—¿Quién eres?

La pregunta era clara y directa, y el tono no era el de alguien que se dejaba intimidar; lamentablemente, la voz era la de Jakon, no la mía. Yo apenas logré balbucir unas confusas palabras. Tenía la sensación de que mi lengua se había trabado en un nudo gordiano.

—Una amiga —respondió con naturalidad, encogiendo levemente un hombro.

Cuando aún estaba en casa —antes de que mi vida se llenara de Multiversos, Altiversos y distintas versiones de mí con pelo, colmillos, alas e implantes biónicos— estaba loco perdido por una chica llamada Rowena. Ella también hacía ese gesto inconsciente cuando salía con alguna tontería o con evasivas. Había llegado a esperarlo, a tomarlo como una prueba de que de algún modo era capaz de divertirla, incluso si lo único que le había dicho para despertar aquella reacción era «El examen ha sido brutal, ¿eh?» o «¿De verdad esperan que corramos una milla en ocho minutos?»

—No lo suficientemente buena —repliqué.

Di un paso fuera de aquel mundo en miniatura y me coloqué sobre un cubo de vivo color rojo del tamaño de un baúl que parecía intentar darse la vuelta. Se estabilizó al contacto con mi zapato. La gravedad cambió para adaptarse a la nueva posición y, detrás de mí, el «planeta» se plegó sobre sí mismo y desapareció. Yo apenas me di cuenta. Curiosamente, el recuerdo de Rowena había reforzado un poco mi determinación. Nunca me había atrevido a hablar con ella porque, seamos serios, ¿qué puedes decirle a una chica como esa cuando eres simplemente uno más en un colegio donde hay cientos de chicos? Por aquel entonces yo no tenía nada de especial.

Sin embargo, ahora era algo más que un chaval que va al instituto: ahora era un Caminante. (Aunque, en realidad, ahora era otro más entre un ejército de cientos de versiones de mí mismo, pero esa forma de verlo no iba a resultar muy beneficiosa para mi autoestima en aquel momento.)

—Dime quién eres, adónde nos has traído y…

La chica me miró con algo que podía parecer respeto pero probablemente fuera más bien sorpresa de ver que el ruborizado idiota era capaz de articular una frase. Y creo que se trataba de lo segundo, porque en lugar de responderme dijo:

—¿De verdad no reconoces el Entremedias?

—Pues claro que lo reconozco… —comencé, pero ella continuó hablando como si nada.

—Entonces la segunda pregunta es superflua, ¿no crees?

Continué hablando sin esperar a que ella terminara.

—…pero no es nuestro Entremedias.

Según lo decía, llegué al convencimiento de que, fuera lo que fuese lo que no estaba bien en el Entremedias, era cosa de la chica. Era una desconocida, y casi seguro que era una agente de los Maldecimales o de los Binarios. Pero aun así me sentía inclinado a confiar en ella, y eso sí que me asustaba. No podía arriesgarme a que descubriera el camino de vuelta a la Base. Tampoco es que fuera fácil; hacía falta una fórmula específica para regresar a InterMundo, y solo los Caminantes la conocían. Estaba claro que ella no era una Caminante. Y sin embargo, había atravesado el Entremedias...

Me miró pensativa.

—Tienes razón y no la tienes, pero en general aciertas. Lo siento mucho; tenía que asegurarme de que los Binarios no os siguieran el rastro. —Volvió a encoger el hombro y a guiñarme el ojo—. Pero no os preocupéis, ya está arreglado.

Entonces, sin que tuviéramos tiempo de reaccionar, volvimos a vernos envueltos en aquella potente luz morada, y volvimos a experimentar aquella fuerte sensación de dislocación, la peor sensación que he experimentado en mi vida...

Y de repente estábamos en casa, de vuelta en la base que todos reconocimos. Todo estaba en orden. Habíamos conseguido regresar a InterMundo.

Solo que...

Ella también estaba allí, con nosotros.

Capítulo tres

*E*l Anciano es…

Como si el director de tu colegio y tu abuelo más severo tuvieran un hijo nacido el último día de las vacaciones de verano, y ese hijo creciera justo en el momento en el que te das cuenta de que te han pillado cogiendo una galleta del tarro. En otras palabras, él existe con el único fin de recordarte todas las cosas malas que has hecho en tu vida, todos tus fracasos y todos los errores que cometerás a lo largo de tu vida.

Al menos, esa es la sensación que da. Sobre todo cuando no has tenido éxito en una misión.

Y eso era lo que había sucedido. Estábamos todos en su despacho, y casi no nos atrevíamos ni a respirar mientras nos miraba de uno en uno. Hasta la chica nueva guardaba silencio.

—Creo que no es necesario que vuelva a deciros lo importante que era esta misión, ni hasta qué punto la habéis pifiado.

Su ojo biónico tenía un brillo acusador. Nadie había sido capaz de imaginar de qué material estaba hecho ese ojo —algunos dicen que fue fabricado por los Binarios, otros dicen que es un simple ojo de cristal hechizado por los Maldecimales—, pero todos estamos de acuerdo en que gracias a él puede ver el interior de nuestras almas.

En parte, la razón por la cual me pone tan nervioso que el Anciano me abronque es que, de entre todos los que viven en el Campamento Base (incluida J/O), el Anciano es el que más se parece a mí. Solo que se parece a mí dentro de unas cuantas décadas, unas cuantas guerras, varias tragedias personales y un par de cirugías plásticas. Es algo así como la personificación de tu conciencia; sabe que podrías haberlo hecho mejor, porque en gran medida él es tú.

Además, en su cráneo hay almacenada tal cantidad de datos que da la impresión de que su memoria es mayor que la suma de las memorias de todos los ordenadores de las miles de versiones que existen de la Tierra.

—Os envié a la Tierra Δ986 por una razón muy específica, y habéis vuelto en menos de una hora, con las manos vacías y una visita no autorizada.

Abrí la boca —¿por qué?, no estaba muy seguro—. Ni siquiera sabía cómo se llamaba la chica, así que tampoco estaba en condiciones de presentársela.

Por suerte, no tuve que preocuparme por ello.

—Acacia Jones —dijo ella con voz firme, aunque no le tendió la mano al Anciano—. Y no —añadió de inmediato—. Nunca.

Me estaba mirando a mí, así que no me pareció un alarde de paranoia responder:

—No, ¿qué?

—No me llame Casey —respondió, aunque en presencia del Anciano su actitud desafiante se había suavizado un poco. El Anciano era capaz de infundir respeto al más osado, y su expresión entre divertida y benévola hizo que la chica corrigiera su afirmación con un—: Umm, señor. Por favor.

El anciano le aseguró, con toda la mordacidad del mundo (o al menos eso me pareció), que jamás lo haría, y luego la ignoró mientras escuchaba nuestro informe. Aunque no se movió, y de hecho, daba la impresión de que ni siquiera respiraba, su ceño se iba arrugando a medida que le contábamos lo que había sucedido.

Al terminar, un opresivo silencio lo inundó todo, y ninguno se atrevió a romperlo. Al menos, no los que conocíamos al Anciano.

—Disculpe la intromisión, pero en cualquier caso el resultado habría sido el mismo.

—Le agradecería que mantuviera la boca cerrada, señorita, y que no se metiera donde no la llaman —dijo lanzándole una fulminante mirada a nuestra polizona, que reaccionó enderezándose levemente.

—Disculpe, señor, pero...

Sin moverse de su sitio ni alzar la voz, el Anciano consiguió que todos tuviéramos la impresión de que se acababa de activar una bomba en su abarrotado despacho. De hecho, por el rabillo del ojo vi que varios de mis compañeros se encogían, como si intentaran zafarse de la metralla que se les venía encima.

—¿Qué es lo que tengo que disculparle, señorita Acacia «no-me-llames-Casey-o-haré-que-te-arrepientas» Jones?

Acacia se armó de valor y respiró hondo, bajo la atenta mirada del ojo biónico del Anciano. Creí que iba a decir algo, pero no. Se limitó a mirarlo, y era evidente que estaba haciendo un gran esfuerzo por no perder los papeles. Al cabo de unos segundos, el Anciano dijo:

—Caminante, tú y tu equipo podéis ir a daros una ducha y a comer. —Por el tono de su voz parecía aburrido. Se puso a revisar unos papeles que tenía en su escritorio, fingiendo ignorarnos mientras permanecíamos allí un momento intercambiando miradas asesinas antes de dirigirnos hacia la puerta, incluida Acacia.

Pero ella no llegó muy lejos.

—Usted no forma parte de su equipo, señorita Jones. Siéntese.

Pude ver fugazmente la expresión de Acacia, llena de sorpresa e inquietud a partes iguales, mientras tomaba asiento. Luego, la puerta se cerró tras Jai, que fue el último en abandonar la oficina.

—¿Has visto eso? —susurró J/O una vez a salvo en el pasillo— Le ha plantado cara. Y ha ganado.

—Yo diría que eso es exagerar un poco —murmuró Jai—. Aunque ciertamente ha sido algo desconcertante e insólito.

—Y raro —añadió Josef.

Jai asintió.

—Oh, sí. Decididamente raro.

No hay nada como una ducha y una buena comida cuando regresas de una misión. El Entremedias te hace sentir a veces un poco sucio, como si todas esas visiones, sonidos y sensaciones se hubieran pegado a ti, como si hubieras estado hurgando en la basura de una guardería después de una clase de dibujo. Y el viaje en avión siempre resulta algo desorientador para el sistema digestivo, así que es buena idea no embarcarte con el estómago lleno. Sí, no hay nada mejor que una buena ducha seguida de una comida caliente, sobre todo si puedes recrearte en las felicitaciones por un trabajo bien hecho.

Aunque eso es algo que no tuvimos la suerte de disfrutar esta vez. Pero aun así, la ducha y la comida nos sentaron muy bien, y fuimos la mesa más popular del comedor, pues hasta el último gato se había enterado ya de que nos habíamos traído a alguien de nuestra última misión.

Alguien que no era uno de nosotros.

Y el hecho de que todo mi equipo se refiriera a la primera persona real no pelirroja cuyo nombre empezaba por J que había aparecido en la Base —desde, uf, vete a saber— como mi novia me estaba haciendo a un tiempo muy popular y nada popular.

Lo cierto es que en InterMundo las relaciones no están prohibidas. Simplemente no se establecen. ¿Por qué?, me preguntaréis.

Porque es raro.

Venimos todos de diferentes planetas, dimensiones y realidades, naturalmente. Pero por otro lado somos lo bastante parecidos como para que te dé la sensación de que te estás enrollando con una prima hermana a la que conoces de toda la vida, que se parece tanto a ti que es imposible fingir que no es pariente tuya.

Además, estamos siempre muy ocupados. Nos pasamos la vida viajando, salvando planetas y reclutando a más primos hermanos. Aquellos que podrían estar interesados en tener una relación romántica simplemente no tienen tiempo de pensar en ello.

Pero la chica nueva…

—¿De verdad que no es una de nosotros? —preguntó alguien por enésima vez, hablando por encima de otro que preguntaba de dónde era la chica. Las preguntas volaban como rayos láser o flechas incendiarias o vainas de plasma, y la mayor parte de ellas iban dirigidas a mí.

—¿Por qué la has traído aquí?

—¿Dónde la encontraste?

—¿Qué edad tiene?

—¿De dónde es?

Las preguntas no tenían fin, y solo fui capaz de responder a una de ellas.

—¿De verdad es la novia de Joey?

—¡No! —sentencié, en voz lo suficientemente alta para que todo el mundo me oyera pese a que continuaban preguntando. El volumen de mi voz me valió un aplazamiento de los murmullos lo suficientemente largo como para añadir—: No es mi novia, ni siquiera la conozco.

—Ya —dijo Jo con cierta arrogancia, lo que provocó una carcajada general lo bastante alta como para despertar a los Binarios, si es que alguna vez dormían. Yo tenía las mejillas al rojo vivo, como una ardilla con la boca llena de jalapeños, y me concentré en mi bizcocho de proteínas enriquecido con vitaminas como si fuera un postre de verdad.

Mi equipo se lo estaba pasando en grande.

Continuaron preguntando. Cosas como: «¿Podrías presentárnosla?» y «¿Cuánto tiempo se va a quedar?» y «¿Por qué está aquí?» y varios cientos de preguntas más que no fuimos capaces de responder, y quizá dos o tres que sí pudimos. Dejé que mi equipo respondiera a estas últimas, y me limité a intervenir cuando oí la palabra pelirrojo y mi nombre (que por lo visto seguía siendo Joey) en la misma frase, y terminé mi «postre». Era mediodía, pero estaba pensando que quizá había llegado el momento de echarme una siesta. Llevaba en pie desde el amanecer en un mundo con dos soles, y había sido un día agotador.

Me dirigí a mi camarote, y por el camino descubrí que, por más que lo pareciera, no todo el mundo se había reunido en torno a nuestra mesa. Había varios rezagados en los pasillos, y tras responder a unas cuantas preguntas más con un simple «No lo sé» o «No es mi novia», empecé a asomarme por las esquinas antes de doblarlas.

Seguía teniendo en la cabeza el tema principal de *Misión imposible.*

Tardé el doble de lo habitual en llegar a mi camarote, pero al menos me libré de que me hicieran más preguntas.

Tono me estaba esperando en la puerta, y cuando entré cambió su color rojo brillante por un confuso beis antes de volver de nuevo al rojo. Mi pequeño fóvim —es decir, FVM, o Forma de Vida Multidimensional, para los que no lo sepan— pasaba la mayor parte del tiempo en el Entremedias, pero de vez en cuando le gustaba venir a verme a la Base. Tras asustar a algunos de los nuevos y estar a punto de morir varias veces, había optado por quedarse en mi camarote, y solo salía si iba conmigo.

—¿Qué pasa, Tono? —le pregunté con voz cansada—. ¿Timmy se ha vuelto a caer al pozo?

—¿Lo llamas Tono? Es un nombre precioso. Pero ¿quién es Timmy?

Ni siquiera me molesté en darme la vuelta. Tono se había vuelto metálico, lo que me permitió ver con cierta distorsión mi propio reflejo y el de Acacia Jones, que estaba sentada justo detrás de mí, en mi silla de leer, con uno de mis libros abierto en su regazo.

Suspiré. ¿Es que este día no se va a acabar nunca?

Interbitácora

Del diario de Acacia

*L*a verdad es que ser yo tiene sus ventajas.

Llegué a la Tierra FΔ986 a la hora prevista, naturalmente. Vale, lo admito: me gustan las entradas espectaculares. No hay nada de malo en lucirse un poco de vez en cuando, diga lo que diga mi hermano. Además, un rescate a tiempo de una muerte segura tiende a conseguir que la gente confíe en ti (casi siempre, al menos). Joseph Harker está demostrando ser un poquito más difícil que la mayoría de mis clientes.

A ver, entiendo que no lo ha tenido precisamente fácil. Le he investigado a fondo; sé que tuvo un comienzo algo complicado en la academia de Inter-Mundo, con eso de que mataron a su adiestrador. En los archivos no daban muchos detalles sobre el asunto, pero sé leer entre líneas: la primera vez caminó sin proponérselo, como la mayoría de los Caminantes. Por desgracia para él, los Binarios y los Maldecimales estaban peleándose en uno de los mundos cercanos, así que ambos lo detectaron cuando empezó a caminar entre dimensiones. Es posible que los Caminantes no puedan hacer gran cosa por detener la guerra, pero todo ayuda, y sus poderes siguen siendo lo bastante útiles a los malos como para que sigan cazando a cualquier Caminante que se les ponga a tiro.

En su expediente hay una nota al pie que dice que es uno de los Caminantes más poderosos que hemos tenido en mucho tiempo; al parecer, alguien de aquí puso sobre aviso a InterMundo, que envió tras él a un oficial llamado Jay. Este lo guio por el Entremedias y, no sin algún que otro imprevisto, lo llevó un poco más cerca de la Base; a partir de ahí el relato se vuelve algo confuso. Imagino que los Maldecimales le echaron el guante y Jay tuvo que rescatarlo. Ese sí que era un buen oficial; su muerte contrarió mucho a algunos de los miembros de InterMundo. Retiro eso de que Joseph Harker no tuvo un comienzo fácil; creo que me quedo corta. No es que sienta una gran simpatía por él. Ni siquiera puedo revelarle que tenemos un expediente suyo, y mucho menos que lo he leído…

Sin embargo, progresó mucho durante su entrenamiento; quería ponerse a prueba, supongo. Tampoco puedo culparle; yo misma estaba impaciente por dominar mi equilibrio cuando tuve edad suficiente para emprender mi primer viaje. Aunque nunca fui capturada por un Binario, mientras que él y su equipo sí fueron apresados por los Maldecimales.

Esa parte estaba bastante bien documentada. No sé si nosotros teníamos algún Agente allí, o si solamente realizamos algunos interrogatorios; los Agentes son más fiables que los testimonios de primera mano, pero no se dice en ninguna parte si enviamos a alguien.

En cualquier caso. Hasta donde yo sé —y sé mucho, creedme— él es el único Caminante que ha sido despedido de InterMundo. Lo enviaron de vuelta a casa, solo porque fue el único que logró volver a la base para contar cómo había sido capturado su equipo. No hay segundas oportunidades en InterMundo, y si levantas sospechas una sola vez, lo mismo da que te llames Jonás. Si logras escapar de una trampa en la que ha caído todo tu equipo no es moco de pavo, al margen de cuál sea la verdad del asunto.

Sin embargo, no fue culpa suya. Su pequeño FVMD lo salvó, y menos mal, porque estoy casi segura de que esa fue la razón de que recuperara la memoria. No sé muy bien cómo realiza InterMundo esos borrados de memoria, pero he conocido más casos. Y sus efectos permanecen. En esta ocasión no sucedió así, y creo que fue porque su FVMD fue a buscarlo después de que borraran de su memoria todo lo referente a InterMundo. Después de eso, recordó que podía Caminar y él solito rescató a su equipo de las garras de los Maldecimales. Quedé realmente impresionada al leer esa parte, tengo que admitirlo.

Sin embargo, ese FVMD… Conociendo la historia, creo que me gustaría ser su amiga también; ¿quién sabe si podría serme útil? Apenas hay nada sobre él en los archivos, pero la verdad es que tampoco sabemos gran cosa sobre las formas de vida multidimensionales en general. Son peligrosas, pero tenemos cosas más importantes en qué pensar. Y ese es el principal motivo de mi presencia aquí.

Ya he leído todo el expediente de Joe Harker; al menos la parte no clasificada. Sí, me molesta un poco que fragmentos de su expediente sean información clasificada. Vale que yo sea demasiado joven para ser una Agente, pero tengo autorización para acceder a todo tipo de información clasificada, y el chaval no es lo que se dice un pez gordo. Además, me presenté voluntaria; no me vendría nada mal saber qué puedo esperar. Voy tan a ciegas como él, aunque tampoco pienso confesárselo. Tengo que fingir que no sé nada sobre su pasado, y lo hago, pero también tengo que hacerle creer que lo sé todo sobre su futuro, aunque no sé absolutamente nada. Yo diría que me estoy metiendo en un bonito lío.

Joseph Harker, la anomalía de InterMundo. Tengo que admitirlo: aunque sea un tipo gruñón con mucho que demostrar todavía, me cae bastante bien.

Capítulo cuatro

*E*s difícil, en situaciones como esta, determinar qué pregunta será la menos estúpida. Podría probar con la más evidente: «¿Cómo has entrado aquí?», que seguramente solo le provocaría un ataque de risa; o con la igualmente evidente: «¿Qué estás haciendo aquí?», a lo que probablemente me respondería, a juzgar por lo que he visto hasta ahora, con una frase ingeniosa que me dejaría con dos palmos de narices. De modo que me decanté por lo inesperado. En lugar de hacerle una pregunta que sin duda me colocaría en clara desventaja, podría criticar sus escasos conocimientos culturales y, con un poco de suerte, ganar de paso algo de confianza en mí mismo.

—¿Qué? ¿Nunca has oído hablar de *Lassie?*

Hay muchos refranes sobre las cosas que se planean al detalle...

—Oh, sí. Es una serie de televisión de la Tierra, de los años cincuenta, que va de una perrita, una collie.

Hasta aquí llegó mi intento de sentirme un poco más seguro. Lo único que yo sabía es que era una serie sobre una perra muy lista.

—Vaya, es evidente que conoces la serie.

Acacia me sonrió con aire divertido y se encogió de hombros.

—Sí —dijo, en un tono de voz que llevaba implícito un «es evidente»—. La pasaron en televisión en la Tierra de la $K\Omega35^2$ a la $\Omega76$.

—Ya. Claro —mascullé—. Es solo…

—Por no hablar de $T\Delta12$ hasta la 18, en las que varios episodios fueron realidad y no…

—Es solo que vivo con un montón de gente que no sabe absolutamente nada de mi mundo. Y a veces…

—Te gustaría que hubiera alguien con quien pudieras hablar de las cosas que te gustan.

Lo dijo como si supiera que estaba en lo cierto. Como si hubiera extraído esa información directamente de mi cerebro. O de mi diario, que fue donde escribí esa misma frase hace unos meses.

Y que, mira tú, era precisamente el libro que tenía abierto en su regazo.

Me vio mirarlo, pero no intentó fingir que no lo había leído. Yo sabía que estaba esperando una respuesta, pero lo único que pude decir fue:

—Estás leyendo mi diario. —Usé un tono de voz que llevaba implícito un «es evidente».

Esta vez su sonrisa no fue tan arrogante.

—¿No estás enfadado?

—No. —Esperaba estar controlando el rubor que subía por mi nuca como un incendio forestal—. Tampoco es un diario personal. Aquí se nos exige llevar un registro de todas nuestras actividades y sentimientos.

Parecía aliviada, pero intentaba disimular.

—Me consta, me consta. Por eso sabía que no te iba a importar.

No sin cierta sorpresa, me di cuenta en ese mo-

39

mento de que realmente no me importaba, simplemente me había resignado.

—¿Cómo sabes tanto sobre… sobre todo?

Se echó a reír y cerró el diario, que dejó sobre la silla al ponerse de pie. Cruzó los brazos y se echó la melena hacia atrás.

—Tuve una esmerada educación. Por no hablar de la optimización de la memoria holográfica a largo plazo. ¿Y qué me dices de ti? ¿Quieres enseñarme lo que te enseñan aquí?

—La verdad es que no —respondí automáticamente, y al ver que alzaba las cejas balbucí—: Bueno, sí, más o menos, pero…

—Olvídate de la autorización. De todos modos no pueden mantenerme al margen, y tampoco supongo ninguna amenaza para ti. A menos que me des un motivo, claro —añadió, sonriendo de un modo que me recordó a Jakon en sus momentos más salvajes. Jai lo llama su mirada de «lobo de Cheshire».

—¿El Anciano te dijo que podías quedarte aquí? —pregunté, tratando de desviar su atención.

—Sí. A condición de que vaya siempre con escolta.

—Estabas sola cuando he llegado —le dije, y me tropecé por culpa de Tono, que me empujaba por detrás. Casi me había olvidado de él. Miré por encima de mi hombro y vi que el fóvim había adoptado un indignado color violeta—. Perdona, Tono.

Entonces el violeta se transformó en rosa, y Acacia se echó a reír.

—Ha estado todo el tiempo entre la puerta y yo —me informó, y a continuación entrelazó su brazo con el mío—. Muy bien. Comencemos con la visita guiada.

Y

Sabía que si salía de allí con Acacia cogida del brazo, las bromas y las preguntas no tendrían fin. Jamás. Quedaría etiquetado ya de por vida. Y no estaba dispuesto a eso. Así que la acompañé hasta la puerta y, con el pretexto de abrírsela, me liberé de su brazo. Hice un gesto caballeroso cediéndole el paso.

Acacia me hizo una breve reverencia antes de salir; lo mucho que le divertía todo aquello saltaba a la vista igual que si pudiera cambiar de color como hacía Tono. Rezando para que todas las personas a las que conocía —o sea, prácticamente todo el mundo— estuvieran en clase u ocupadas con alguna tarea, eché a andar por el pasillo con la misteriosa chica a un lado y el fóvim al otro.

—¿Y ahora dónde estamos? —Miraba a su alrededor como si estuviéramos en un parque temático, fijándose en todo. Y con «todo» quiero decir un pasillo en el que de vez en cuando se veían tuberías que iban desde el suelo hasta el techo, soportes y paneles prefabricados.

—En un pasillo. Cubierta doce, para ser más exacto.

—Eso ya lo veo, muchas gracias. ¿En qué sector?

De entrada, no estaba muy seguro de por qué estaba haciéndole de guía turístico, puesto que se las había arreglado perfectamente sola para llegar hasta mi camarote y sabía que llamábamos secciones a las diferentes áreas de la nave (y hubo algo en su forma de pronunciar la palabra «sector» que hizo que una luz se encendiera en mi memoria, como cuando intentas recordar un sueño que has tenido la noche anterior), pero parecía que lo estaba pasando en grande.

—Son los barracones. Lo siento, pero así es como se llama, no lo llamamos de ninguna forma especial.

—Ahora —me corrigió, pero me dio la sensación de que solo lo hacía para chincharme. Seguramente siempre se han llamado barracones. ¿Por qué habríamos de darles otro nombre? Ni siquiera estábamos separados por sexos; no tenía mucho sentido, más que nada porque había varias paraencarnaciones de una misma persona que poseían ambos sexos, o ninguno en absoluto. Como ya he dicho, Acacia era la primera chica real, de verdad, que no era una encarnación de ninguno de nosotros.

—¿Y qué es lo que vas a enseñarme primero?

—¿Qué te gustaría ver? —le pregunté, aunque no albergaba muchas esperanzas de obtener una respuesta seria. Y no la tuve.

—Lo que quieras mostrarme.

Me rendí. Tenía que cargar con ella, porque ella lo había decidido así, y no parecía que hubiera gran cosa que yo pudiera hacer al respecto. Ni siquiera sabía hasta qué punto me importaba; Acacia era un misterio, y era interesante, y mi completa incapacidad para responder a ninguna pregunta sobre ella me irritaba bastante. Lo del comedor había sido probablemente mi momento de mayor popularidad en InterMundo, y ni siquiera había podido disfrutarlo.

—Muy bien —dije, tomando el pasillo que conducía en dirección contraria al comedor. Seguramente estaría lleno de gente, y si tenía que hacer de guía turístico prefería no hacerlo delante de un montón de testigos.

—Bueno, pues al lado de los barracones están los vestuarios, que es donde nos equipamos antes de salir para una misión. No hay salidas previstas ahora mismo, así que debería estar vacío.

—Un montón de armarios en fila —comentó, y me

pareció que se esforzaba en parecer impresionada. Se esforzaba mucho.

Cruzamos la sala y la llevé hacia las amplias puertas de doble hoja situadas entre los pilares de seguridad. Se iluminaron cuando llegamos hasta ellas, unas finas líneas rojas me escanearon primero a mí y luego a Acacia. Entonces caí en la cuenta de que sería mejor que la identificara antes de que la catalogara como una intrusa y, por tanto, peligrosa.

—Joe Harker, con...

—Bienvenido, Joey. —Era la clase de voz que podía volverte loco por teléfono, la voz de una mujer madura y desesperantemente tranquila que con toda seguridad te miraba con una sonrisa burlona, por más que fuera una simple voz generada por ordenador—. Bienvenida, Acacia. Podéis pasar.

Me volví a mirarla mientras las puertas se deslizaban para franquearnos el paso. Tenía una sonrisa burlona como la que le había atribuido a la voz. Tenía que preguntar, aunque sabía que no iba a obtener una respuesta directa.

—¿Cómo es que te conoce?

—Ya te lo he dicho: tengo autorización —contestó cruzando las puertas, entrando en la sala de admisiones y obligándome a apretar el paso para alcanzarla.

Aquello volvió a suceder un par de veces más mientras le enseñaba la sala de reuniones y el salón de recepciones. Entonces me percaté de que, por más que hubiera sabido encontrar mi camarote sin ayuda de nadie, Acacia se estaba dejando guiar por mí de verdad. Había recibido muchas clases sobre lenguaje corporal y expresiones faciales, y estaba prácticamente seguro de que realmente no conocía todo aquello. Y también estaba seguro de que me las haría pasar canutas en un combate de boxeo. Había en ella una economía de movimientos que me hacían pensar que había recibido entrenamiento en artes marciales o algo por el estilo, era una especie de gracilidad líquida que resultaba tan peligrosa como fascinante.

—¿Así que aquí es donde llegan los nuevos reclutas?

Estaba inclinada sobre la barandilla, contemplando el mundo más allá de la cúpula. Resultaba difícil precisar dónde acababa el mundo y empezaba la Ciudad Base, pues la cúpula era transparente y el suelo de la sala de admisiones estaba cubierto por un impecable césped.

—Normalmente sí, a menos que haya algún problema. —Vacilé un momento antes de entrar en más detalles y continué. Si el Anciano le había concedido una autorización de primer nivel, era evidente que no pretendía ocultarle nada—. La fórmula que todos aprendemos de memoria es como una dirección genérica; nos lleva al mundo en el que esté la Base, entonces el radar nos detecta y los pilotos llevan el InterMundo hasta nosotros. Si estamos en peligro o hay alguna urgencia, el equipo de transporte nos teletransporta directamente a la Base, normalmente a la enfermería, pero la mayor parte de las veces la nave simplemente frena y subimos a bordo.

—Debe de ser algo digno de verse —murmuró ella, inclinando la cabeza para mirar al cielo. Afuera estaba oscureciendo.

—Lo es —dije, recordando dónde me encontraba la primera vez que la cúpula me recogió. Recordé el cadáver de Jay a mi lado, y que era incapaz de sentir nada en absoluto cuando vinieron a recogernos—. Vamos —espeté en un tono inesperadamente brusco—. Hay algo que quiero que veas.

Había muy pocas cosas en InterMundo que no funcionaran con precisión castrense. Teníamos jardines, bibliotecas, gimnasios, e incluso una sala de recreo para nuestro tiempo libre, pero todo se mantenía limpio y ordenado bajo la supervisión de un profesor o de un oficial designado por el Anciano. No había grafitis en Ciudad Base, ni basura, ni chicle pegado en las mesas de estudio. No había murales, ni arbustos recortados en forma de dinosaurio, ni esculturas; no había un solo lugar en toda la Base que revelara que éramos personas, con pensamientos y sentimientos propios, con imaginación.

Excepto el Muro.

Acacia avanzó unos pasos por el pasillo que había entre la sala de admisiones y la enfermería, y la curiosidad que manifestaba la expresión de su cara derivó hasta transformarse en genuino asombro.

—¿Qué es esto?

—Lo llamamos el Muro. Original, lo sé. Lleva aquí desde siempre. Nadie recuerda quién lo empezó. Pero es prácticamente lo único que nos queda de los que ya no están.

Acacia extendió la mano cautelosamente y acarició una foto con los dedos: otro chico exactamente igual que yo, salvo por sus ojos, plateados. Nunca he sabido por qué. Recorrió el pasillo mirándolo todo, o al menos todo lo que podía. Era imposible fijarse en la totalidad. Había cientos de fotos, tanto holográficas como planas, más algunos trozos de papel, con agradecimientos y epílogos garabateados. Había epitafios impresos, y también palabras e imágenes pintadas directamente sobre el Muro. En un hueco se veía una piel de serpiente entera y perfecta. Había plumas, trozos de tela, prendas de vestir, joyas y conchas marinas, junto con otros objetos que no he podido identificar porque proceden de mundos de los que ni siquiera he oído hablar. Algunos de los hologramas se movían; otros eran estáticos. Todo lo que había significado algo para aquellos que habían caído en una misión tenía su sitio en el Muro.

—Es precioso —dijo Acacia por fin, y me di cuenta de que lo decía en serio. Su sonrisa burlona había sido reemplazada por una leve y serena curva.

—Sí —repliqué, mirando mi propia ofrenda. Había tenido que hacer acopio de valor para decidirme a poner algo allí cuando llegué a la Base por primera vez. Todo el mundo me echaba en cara la muerte de Jay, y ya habían comenzado a levantarle un pequeño monumento en el Muro. Había sido importante para mucha gente; el homenaje a Jay era el que ocupaba una de las secciones más amplias. Alguien había puesto una foto suya, otra persona había colgado un retrato hecho a mano. Había un dibujito muy divertido hecho en una servilleta de papel que parecía una broma privada, y un libro con una nota que decía «gracias».

Eso era lo que más abundaba en la sección dedicada a Jay, los agradecimientos. Con diferentes caligrafías, en distintos idiomas, distintos colores y estilos. Todos estaban pegados, proyectados o dibujados alrededor de la foto de Jay. El mío era uno de ellos, estaba hecho de piedrecitas traídas del mundo en el que espiró su último aliento.

Acacia se dio cuenta y se puso a mirar la foto de Jay.

—¿Quién era?

Aunque esperaba aquella pregunta desde que nos detuvimos frente a su foto, tuve que respirar hondo para poder responder.

—Jay. Me salvó la vida —dije—. Y yo hice que lo mataran.

Es curioso cómo se olvida uno de que quiere impresionar a alguien cuando lo asalta una emoción sincera.

—¿Lo hiciste adrede?

Me volví a mirarla, horrorizado.

—¡No!

—Entonces no te culpes —dijo sin mirarme—. Si él estaba allí para protegerte, sabía que eso era algo que podía suceder.

—Murió porque no quise escucharle. —Intenté mantener la serenidad, pero no era fácil—. Salí corriendo para ayudar al fóvim, pese a que Jay me advirtió de que era peligroso.

—¿Te refieres a Tono? —preguntó.

Asentí con la cabeza.

—Se quedó atrapado... Yo no sabía qué era, pero parecía asustado. Resultó que, efectivamente, estaba asustado; un giradón lo había atrapado.

Tras la muerte de Jay, había estado investigando y descubrí qué fue exactamente lo que nos atacó. No me hizo sentir mejor, pero al menos ya no me sentía como un idiota incapaz de explicar siquiera lo que había pasado.

Acacia asintió con la cabeza, al parecer sabía perfectamente de qué clase de monstruo le estaba hablando.

—Pero tenías razón. Y salvaste a Tono.

—Sí —dije, volviendo a mirar el Muro. Jay a cambio de Tono. ¿Había sido un intercambio justo? Tono me había salvado en una ocasión de ser atrapado por un Maldecimal, y eso me permitió salvar a mi equipo... Pero si Jay no hubiera muerto puede que las cosas hubieran sido distintas. De entrada, es posible que no hubiéramos sido atrapados por los Maldecimales, no habría hecho falta el rescate...

Aquello fue suficiente para provocarme dolor de cabeza. Miré el retrato de Jay, en silencio, hasta que Acacia volvió a hablar.

—¿A cuántos de ellos llegaste a conocer?

—Solo a él —respondí, no sin dificultad. Admitir aquello me hacía sentir culpable, como si no mereciera estar allí, delante de todas esas pérdidas, indemne. La culpa del superviviente, lo llaman. Pero saber su nombre no hacía que resultara más fácil vivir con ello.

—Conocerás a más —dijo—. Tarde o temprano.

Curiosamente, aquel comentario no me molestó. Acacia no pretendía ser impertinente o demostrar que sabía más que yo. Yo sabía que era verdad. Nadie va a una guerra sin esperar bajas, y por más que me esforzara en intentar que no sucediera, sabía que algunos de nosotros acabaríamos siendo recuerdos en el Muro. Probablemente incluso yo.

—Sí —repliqué—. Lo sé.

Me cogió de la mano.

Le enseñé la sala de babor —había cierta polémica sobre si se llamaba así porque desde allí podías tele-transportarte a otros lugares de la Ciudad Base, o porque estaba en la parte izquierda de la nave—[1] y dimos la vuelta por el otro lado de los vestuarios para que pudiera ver el mini teatro y la sala de juegos, luego cru-

---

1. En inglés, «*port*» significa «babor», pero también podría hacer referencia aquí a la teletransportación («*tele-port*»). *(N. de la T.)*

zamos la biblioteca y le enseñé las aulas. La mayor parte de las clases habían terminado ya, pero algunos de mis profesores seguían yendo y viniendo.

Salimos a una de las cubiertas superiores a tiempo de que Acacia fuera testigo de otro cambio de fase. Una de las características más traicioneras de InterMundo es que podía viajar en el tiempo tanto hacia delante como hacia atrás, abarcando un periodo de más de 100.000 años. Y para evitar que los Maldecimales y los Binarios pudieran detectarnos, los motores de solitones estaban programados para poder moverse también «de lado» en el tiempo; en otras palabras, podían atravesar los muros de Dirac de una Tierra paralela a otra. El número de mundos del altiverso que cruzábamos, y el tiempo que permanecíamos en cada uno, venía determinado por hechizos basados en aleatoridad cuántica; era absolutamente imposible descifrar el código.

En las últimas dos semanas habíamos tenido las defensas y los filtros de aire al máximo, porque esta Tierra estaba en plena celebración del aniversario (no sé si es la palabra más adecuada) de la extinción masiva del Cretácico-Terciario, que borró de la faz de la Tierra al dinosaurio *Barney* y toda su familia. Solo que ahora la implacable y sangrienta luz del sol empezaba a asomar por entre la cubierta de nubes, y lo que se veía no era precisamente bonito: una Tierra abrasada, tapizada de un carbón que fue antes una frondosa jungla.

—¿Vuestra nave puede viajar en el tiempo? —preguntó cuando terminé de explicarle lo que era el cambio de fase. Parecía terriblemente interesada, y yo casi le agradecía que por fin me preguntara algo a lo que era capaz de responder.

—Sí y no —dije, intentando darle una no-respuesta como las que solía darme ella a mí. No terminó de funcionar. Se limitó a mirarme, y el modo en que alzó las cejas me obligó a extenderme un poco más—. Viajamos con un rumbo establecido de forma aleatoria, en dimensiones paralelas de tres mundos. La nave va hacia delante y hacia atrás, pero…

—Pero no puede anclar a voluntad —concluyó con mucha seguridad, mientras asentía con la cabeza—. Viajáis a distintos puntos de esos tres mundos con un rumbo establecido mediante una variable aleatoria, pero siempre anclados a la corriente alfa.

Yo no tenía ni idea de qué me estaba diciendo, pero aquello se había convertido ya en algo más o menos normal. Me pareció satisfecha cuando asentí con la cabeza; en cualquier caso, lo que decía parecía cierto, y yo sabía que nuestros viajes en el tiempo se limitaban a ir hacia delante o hacia atrás en nuestros mundos base. Me volví para salir de la cubierta superior y bajamos por el pasillo donde estaban las aulas. Las ventanas que teníamos alrededor seguían cubiertas por una gruesa capa de polvo y ceniza.

—Hey, Jayarre —dije al atravesar una de las puertas que estaban abiertas. Aquí, a diferencia del colegio al que iba antes, no llamábamos a los profesores por su apellido, ni les tratábamos de usted; después de todo, muchos de ellos ni siquiera tenían apellido.

Jayarre se fijó en mí —me había dado la impresión de que me estaba mirando cuando le saludé, pero con el monóculo uno nunca estaba seguro—, me sonrió y me saludó con un aparatoso gesto. Daba clases de Cultura e improvisación. Provenía de una Tierra más inclinada hacia el lado mágico de las cosas, donde, según nos explicó en una ocasión, el mundo entero era, literalmente, un escenario. La verdad es que no entendí muy bien lo que quería decir, pero lo cierto era que tenía el aspecto de un director de circo y la buena disposición de tu tío favorito.

—¡Hola, hola! ¿Qué? ¿Enseñándole todo esto a la señorita?

Además, como el resto de los profesores, daba la impresión de saber las cosas sin más.

—Sí —contesté, parándome un momento en la puerta—. Es Acacia Jones.

—¡Bienvenida, querida, bienvenida! —Se levantó y cruzó la sala en tres zancadas para estrecharle la mano. Acacia no parecía estar nerviosa—. ¿Disfruta usted de su visita guiada, *madame*?

—*Vachement, monsieur!* —respondió Acacia, y gracias a mis Nociones Básicas de Idiomas supe que había respondido afirmativamente y de forma entusiasta.

Las cejas de Jayarre se alzaron casi hasta tocar el ala de su sombrero de copa, y una amplia sonrisa hizo que su bigote se elevara también.

—*Merveilleuse, ma bichette!*

—Iba a enseñarle la Zona de Emergencia —le interrumpí, y aquellas cejas se volvieron entonces hacia mí.

—¿Justo ahora? Bueno, por qué no, por qué no. Si tiene autorización de primer nivel, no veo el más mínimo inconveniente. —Jayarre a veces era como Jai, aunque en lugar de utilizar palabras con un montón de sílabas utilizaba un montón de palabras—. ¡Puede que me una a vosotros en vuestro asombroso viaje!

Eso era algo que no había previsto, pero antes de que tuviera tiempo de encontrar una buena excusa para disuadirlo, alguien cruzó la puerta.

—Despacho. Reunión —dijo Jirathe, lacónica, y se volvió hacia mí. Jirathe era la profesora de alquimia, y nunca usaba dos palabras si le bastaba con una. Parecía tan humana como yo, salvo por el pequeño detalle de que sus células eran de ectoplasma y no de protoplasma. Como consecuencia de ello, su cuerpo adquiría un color gris transparente cuando estaba quieta. Pero cuando… en fin, el cuerpo humano se compone de más de seis trillones de células, y cada célula está compuesta de agua en su mayor parte. Cuando Jirathe se movía, la luz se filtraba a través de seis trillones de prismas. O, por decirlo de otro modo, era como una explosión de arcoíris.

—¿Tengo que volver a la sala de reuniones? —No había oído que me llamaran por megafonía, pero quizá hubiera sucedido algo importante.

—No —dijo Jirathe, y le dirigió a Jayarre una significativa mirada antes de seguir su camino y atravesar un rayo de luz carmesí que hizo que sus brazos desnudos y sus hombros se ondularan como una andanada de fuegos artificiales.

—Me vas a tener que disculpar, hijo. Parece que esto es solo para los oficiales superiores —murmuró Jayarre. Se volvió hacia Acacia, le cogió la mano y se la besó—. Ha sido un placer conocerte, querida. Quizá podamos seguir intercambiando cumplidos en otro momento, pero ahora tengo que darme prisa. *À bientôt*.

—*Enchanté!* —le respondió Acacia según tomábamos direcciones opuestas, y vi que varios profesores más abandonaban sus respectivas aulas y se dirigían hacia el despacho del Anciano. ¿Cuál sería el motivo de la reunión? Acacia, seguramente. ¿Iba a retirarle la autorización? No, no tenía ningún motivo para hacerlo… No se la habría concedido si no confiara en ella.

—Tiene que ver conmigo, seguro —dijo alegremente. Si estaba pensando lo mismo que yo, desde luego no parecía en absoluto inquieta.

—Seguramente. ¿No te importa?

—Me importaría que no se reunieran —dijo, y me detuve un momento para mirarla—. Vosotros estáis en medio de una guerra, y de repente tenéis una polizona a bordo. ¿No convocarías una reunión para alertar a todos de una potencial amenaza?

—Al Anciano no le pareciste una amenaza.

Acacia inclinó su cabeza hacia mí.

—¿Estás seguro de eso? Es cierto que me concedió autorización, pero ¿de verdad crees que no está poniendo a todo el mundo sobre aviso, por si acaso?

Lo medité unos segundos, repasando lo que había dicho y el tono en el que lo había hecho.

—¿Y lo eres?

—¿El qué?

—Una potencial amenaza.

—Eres un Caminante, ¿no? Te mueves entre dimensiones. Sabes que «potencial» es una palabra cargada de significado.

No pude evitarlo: sonreí, solo un poco.

—Cierto. O sea que sí eres una potencial amenaza.

—Pues claro que sí —dijo, mirándome con seriedad. Sus ojos, ya me había fijado antes, eran inequívocamente violetas, todo en ella indicaba que era un ser humano. Salvo por las placas de circuitos que tenía por uñas, claro—. O soy una aliada. ¿Crees que eso depende solo de mí?

A nuestra espalda, la realidad brillaba, se retorcía y cambiaba, dando lugar a un entorno completamente diferente, no por ello menos extremo. Al apartar la vista de Acacia vi que estábamos sobrevolando un glaciar ecuatorial. Bienvenidos a la Tierra Boladenieve, donde los océanos llevan congelados millones de años. Volví a mirar a Acacia para ver si se había percatado del pequeño salto temporal. Ella también estaba mirando por la ventana, con una sonrisa extraña y serena.

—No —dije, en respuesta a su última pregunta, y me sonrió. Los sistemas de calefacción se pusieron en marcha justo cuando me dirigía hacia la zona de la nave reservada para los entrenamientos físicos, pero no tenía ninguna duda de que esa sonrisa me habría hecho entrar en calor por sí sola.

Capítulo cinco

La Zona de Emergencia es como el mejor juego de realidad virtual que se haya inventado nunca, salvo por el hecho de que a veces —la mayor parte del tiempo, en realidad— intenta matarte. Es como una combinación de la Holocubierta y de la Sala de Peligro, y tiene cinco niveles con diferentes variables y condicionamientos. No es que el nivel 1 sea completamente inocuo y el 5 el más peligroso; los diferentes niveles tan solo indican cuánto daño recibirás. Algunos de los desafíos son reales, algunos son ilusorios, y todos ellos están programados con variables ocultas o aleatorias: una roca surge bajo tus pies mientras intentas esquivar una serie de lanzas, o desvías una explosión de partículas hacia un árbol y entonces te ataca un enjambre de avispones.

Resultar herido en la Zona de Emergencia es como un rito de acceso: algo por lo que todo el mundo pasa al menos una vez. No eres uno de los nuestros hasta que te mandan a la enfermería con una quemadura de tercer grado porque vacilaste una fracción de segundo cuando la salamandra que escupe fuego salió de su cueva pensando que en realidad no podía hacerte daño.

Pero aprendes rápido. Yo aprendí.

Mi primera herida en la Zona de Emergencia fue mejor que la que recibieron algunos (J/O se rompió un servo cuando el suelo cedió bajo sus pies) y peor que la de otros (Jerzy Harhkar solo se hizo un cortecito con una hoja de papel durante el simulacro de un ataque a la escuela). Yo tropecé con una variable en forma de perropúa mientras me entrenaba en una simulación de jungla. Si nunca habéis visto un perropúa, no os preocupéis; yo tampoco lo había visto en mi vida. Era lógico pensar que si tenían aquellas púas sería por algo, y que sabrían cómo usarlas, lo que no sabía era que, en parte, el hecho de que los llamaran perrospúa tenía que ver con su hábitat. Intentando no tocar su nido, me había escondido tras el árbol más cercano, y apoyé una mano en la corteza para no caerme…

56   …y me llevé un susto de muerte cuando el árbol empezó a hincharse como un pez globo. Cientos de astillas diminutas se clavaron en la palma de mi mano, y no solo volví a cruzarme con la simulación del agente Maldecimal con el que había estado jugando al gato y al ratón, sino que ni siquiera pude sacar mi arma porque tenía el brazo dormido hasta el codo, así que suspendí el ejercicio de simulación.

Pocas veces he experimentado un dolor como ese, pero la extracción de aquellas púas tampoco fue divertida, y estuve dos semanas sin poder usar apenas las manos. Ni siquiera me dejaron una cicatriz chula para poder presumir.

Acacia miraba la sala vacía con ese escepticismo cargado de curiosidad con que la miramos todos al principio, pero la verdad es que no quería que acabara en la enfermería tras su primer contacto con ella.

—No parece muy grande —comentó, recorriendo

el espacio entre una pared y otra en unas veinticinco zancadas.

—No hasta que tienes que huir del ciborg de un velociraptor, desde luego. El suelo esta compuesto por varias cintas de correr anisótropas que se mueven contigo cuando corres. El escenario se mueve en torno a ti. Es muy realista, una vez superas el miedo a que no funcione bien y acabes estampado contra una pared.

Acacia se echó a reír.

—¿Ha sucedido alguna vez?

—No que yo sepa, pero siempre temo que vaya a suceder.

—A mí me pasaría igual. —Se paró un momento—. ¿Podemos…?

Me fastidiaba tener que decirle que no. No estaba muy seguro de por qué, pero eso fue lo que hice.

—No. Solo unos cuantos tienen los códigos, y no… no están aquí. Ahora mismo no. —Tampoco sabía si era buena idea recordarle la reunión (en la que seguramente se estaba hablando de ella) que se estaba celebrando arriba, aunque a Acacia no parecía preocuparle demasiado. Yo solo quería que se sintiese bienvenida… después de todo, era posible que se quedara—. A lo mejor mañana. La gente lo usa continuamente, así que no será difícil buscarte un hueco.

—Está bien. ¿Hay una cocina por aquí? Me muero de hambre.

—Sí —dije en tono evasivo. Cocina implicaba cantina, y cantina implicaba gente, y gente implicaba incomodidad. Al menos en estas circunstancias—. Pero seguramente estará hasta arriba…

—No me importa. ¿Por dónde? —Me sonrió alegremente, y sentí que mi corazón y mi estómago colisionaban. Me ponía muy nervioso tener que presentársela a todos los que habían estado diciendo que era mi novia.

—Eh, por el camino por el que vinimos.

Di media vuelta y le ofrecí mi mano a Tono, que se reunió con nosotros en la puerta. A Tono no le gustaba la Zona de Emergencia. Una vez había venido a verme en medio de una simulación, y pensé que le iba a dar un ataque al corazón; si es que los fóvims tienen corazón, claro. Había adoptado un confuso color gris, luego había pasado por distintos tonos de rojo o rosa, que parecían indicar alarma, y finalmente se había transformado en una especie de bola de discoteca multicolor. Si alguno de los presentes en la sala hubiera sido propenso a los ataques epilépticos, Tono le habría provocado uno. Después desapareció, y me pasé casi una semana sin verlo. La verdad es que, para cuando apareció, ya había empezado a preocuparme.

Intenté preguntarle qué le había pasado, pero no obtuve respuesta. Siempre que sacaba el tema parecía confuso. La única vez que estuve «conectado» con él tuve la impresión de que el Entremedias tenía sentido, desde su punto de vista. Intuí que la Zona de Emergencia provocaba en Tono mareos como los que sufría mi madre en las atracciones de realidad virtual de los parques temáticos; ella decía que, como su cuerpo no estaba haciendo en realidad lo que el entorno decía que estaba haciendo, aquello le provocaba una extraña desorientación. Supongo que ser una criatura multidimensional en una sala llena de efectos especiales en 3D y cosas que en realidad no son lo que parecen debe de ser francamente raro.

Caminar por los pasillos con una chica a un lado y un fóvim al otro resultaba, como ya he dicho antes, un poquito extraño. Quiero decir, ya me sentía un bicho raro la mayor parte del tiempo —aunque debo confesar que es divertido vivir con un montón de gente que se parece a ti y aun así seguir siendo un bicho raro— pero aquello agudizaba esa sensación. Yo era el que había provocado la muerte de Jay. Era el único que había caído en manos de los Maldecimales. También era el único que había hecho amistad con un fóvim. Y había caído por segunda vez en una trampa de los Maldecimales, había perdido a todo mi equipo, me habían expulsado del InterMundo, y no se sabe cómo había logrado recuperar mis recuerdos y encontrar a mi equipo. Y he sido también el primer pelirrojo cuyo nombre empieza por J que había traído a la base a alguien de fuera. Nadie más podía presumir de ninguna de esas cosas, no digo ya de todas... y ahí estaba yo otra vez, destacándome de entre los demás, con mi amiga (que no mi novia, ojo) y mi amigo fóvim, deambulando por los pasillos como si no tuviera nada mejor que hacer.

En serio, no era de extrañar que a algunas de mis para-encarnaciones siguiera sin hacerles gracia.

—¿Sumido en tus pensamientos? —me preguntó Acacia, y entonces me di cuenta de que estaba desatendiendo mis deberes como guía turístico. Habíamos recorrido ya varios pasillos sin que abriera la boca, aunque tampoco es que hubiera nada especialmente interesante en ellos. No eran más que pasillos. Y en algunos había puertas que comunicaban con otros pasillos.

—No, perdona. Solo estaba pensando en... la cantina. Vas a despertar mucho interés —le advertí, y no me sorprendí cuando me aseguró que no pasaba nada.

—Podré arreglármelas —dijo, y entonces le abrí la puerta.

Vale, me gustaría poder decir que una multitud de Caminantes pelirrojos con la cara llena de pecas se nos echaron encima como si fueran paparazzi, haciendo preguntas y tratando de llamar nuestra atención. Honestamente, he de decir que eso era lo que me esperaba. A toro pasado, estoy casi seguro de que Acacia se las habría apañado sin problemas. Pero lo que ocurrió en realidad parecía sacado de una de esas películas de terror antiguas, o una de esas de adolescentes en las que siempre hay una escena en el colegio en la que alguien lo pasa fatal.

Abrí la puerta, y se hizo un silencio absoluto.

De repente. Todo el mundo dejó de hablar. Uno tras otro, todos se callaron en mitad de una frase, y todas las miradas se volvieron hacia nosotros.

Luego, como una ola que lame tranquilamente la orilla, volvió a extenderse el rumor de las conversaciones —en voz baja— por toda la sala. Poco a poco, la mayoría volvió a lo que estaba haciendo —comer, charlar, leer o mirar algún dispositivo portátil— y el nivel de ruido volvió a subir, aunque sin llegar ni de lejos al que había cuando llegamos.

Fue una de las situaciones más inquietantes que he vivido, y eso es mucho decir.

Al parecer, Acacia opinaba lo mismo. No creo que ninguno de los allí presentes se diera cuenta, pero se había acercado un poco más a mí. Tono estaba prácticamente sentado en mi hombro como si fuera un loro, pero era algo que solía hacer cuando había mucha gente alrededor.

—Pues esta es la cantina —le dije a Acacia, sin molestarme en alzar o bajar el tono de la voz. Simplemente le estaba enseñando la nave; tampoco había que hacer aspavientos—. La cocina está abierta. No es para tirar cohetes, pero tampoco está mal una vez que te acostumbras.

—Déjame adivinar: ¿proteína condensada enriquecida con vitaminas?

Nos acercamos a la mesa del bufet.

—Sí. Igualita que la de mamá —bromeé, y al pronunciar la palabra «mamá» sentí una leve punzada de nostalgia en lugar de aquel dolor espantoso que solía sentir y que me encogía el estómago. No sabía muy bien qué debía sentir, ni cómo interpretar la mirada de Acacia.

—Sí —dijo, pero la expresión de su cara contrastaba con el deje de dulzura que había en su voz—. Si mamá fuera cocinera del ejército.

La observé mientras llenaba su bandeja de comida sin cortarse lo más mínimo; por lo visto no necesitaba ayuda para saber qué era cada cosa. O a lo mejor le daba igual. Era difícil saber lo que pensaba, y tampoco quería que se diera cuenta de que me intrigaba. Me entró un repentino ataque de caballerosidad y llevé su batido de proteínas y su vaso de agua hasta una de las mesas. No me lo había pedido, simplemente me miró un poco sorprendida, pero me dio las gracias con un gesto de la cabeza. Seguía sin saber qué había desencadenado en mí ese impulso, pero aquel sencillo asentimiento —en el que no había sarcasmo ninguno, solo era una forma de darme las gracias— hizo que me alegrara de haberlo hecho.

—La verdad es que me encantan —dijo masticando un grano de cereal, una de las pocas cosas naturales que había en el menú.

Yo los detestaba, pero no dije nada.

—¿Y tú de dónde eres? —Hasta ahora me había resistido a preguntárselo porque estaba seguro de que no obtendría una respuesta clara y directa, pero me moría de curiosidad. ¿Cómo podía saber tanto del Inter-Mundo y de todos los mundos?

—De por ahí —respondió, con una sonrisa misteriosa y ese leve encogimiento de hombros. Su sonrisa me invitaba a seguir preguntando.

—Bueno, ¿y qué edad tienes?

—Eso es una grosería. ¿Es que en esta nave no os enseñan buenos modales?

—De diversas culturas —repliqué, con la agilidad mental suficiente, por una vez, para no quedarme cortado—. Y hay sitios donde las preguntas directas son una muestra de respeto.

Le dio un sorbo a su batido, y me miró de arriba abajo de forma inquisitiva.

—Pues yo no vengo de ninguno de ellos —dijo por fin, pero su tono seguía siendo juguetón.

—Bien. Eso nos deja con tan solo un millón de posibilidades diferentes.

Pese a que no había manera de que respondiera satisfactoriamente a ninguna de mis preguntas, me estaba divirtiendo. En realidad me daba igual que no me contara nada. Solo quería saber algo más de ella, y aunque no estaba obteniendo datos, estaba empezando a conocerla un poco. Algo era algo.

Sin embargo, yo no era el único que sentía curiosidad y, tras mantenerse un rato a cierta distancia por educación, la gente empezó a acercarse. Aquel nerviosismo social que sentía de pronto se vio aliviado por el hecho de que nadie usó la palabra «novia» delante de Acacia, lo que me hizo experimentar a un tiempo una profunda gratitud y una increíble confusión. Se habían puesto muy pesados chinchándome con eso cuando ella no estaba delante; ¿no sería más divertido aún chincharme delante de ella?

A lo mejor no, ahora que lo pienso. Pese a que todos procedemos de lugares muy diferentes, todos éramos en esencia la misma persona, y he sufrido las suficientes humillaciones en el colegio como para no ser capaz de hacerle eso mismo ni a mi peor enemigo, mucho menos a una de mis paraencarnaciones. La verdad es que resultaba tranquilizador, y descubrí que ahora que me había librado de aquella paranoia social me divertía ver cómo Acacia respondía con evasivas a las otras versiones de mí, igual que había hecho conmigo.

—¿Cuánto tiempo vas a estar aquí? —le preguntó alguien: era Jirho, una versión de mí algo más pequeña que procedía de otra Tierra más fría y más oscura. Tenía los ojos grandes y claros y la piel cubierta de pelo, de modo que se parecía mucho a como sería yo si fuese un animal disecado. También tenía garras y unos colmillos afilados, y no le hacía ninguna gracia que lo llamaran «peluchín».

—Hasta que me digan que vuelva.

—¿Adónde?

—Al lugar de donde procedo.

Tono (que en ese momento tenía el tamaño de una pelota de béisbol y llevaba ya un rato acurrucado en la capucha de mi chaqueta) flotó de repente junto a mi oreja izquierda y desapareció haciendo un ruidito. Parpadeé, y giré instintivamente la cabeza hacia el lugar de donde procedía el ruido; entonces, la alarma dejó de sonar, y sonaron dos pitidos para indicarnos que guardáramos silencio. A continuación, oímos la voz del Anciano por megafonía.

—Caminantes, tenemos un código Mercurio.

Todo el ruido de la sala, que había quedado reducido a un leve murmullo, desapareció por completo. En todo el tiempo que llevaba en el InterMundo, jamás

habíamos tenido un código Mercurio. Sabía lo que significaba, evidentemente, pues conocía todos los tecni-
cismos, alertas y procedimientos.

Habían encontrado a un Caminante —uno del que
los Binarios y los Maldecimales no sabían nada— en
uno de los mundos marginales.

Capítulo seis

$\mathcal{A}$ fin de que os hagáis una idea precisa de lo grave que era la situación, dejadme que os explique algunas cosas. El Multiverso es todo: el conjunto de las infinitas posibilidades y de todos los mundos que existen, han existido, podrían existir o existirán en el futuro. En comparación, el Altiverso es una pequeña parte de eso, una vorágine que contiene la infinita serie de Tierras que existen, han existido, podrían existir o existirán en el futuro.

Luego está el Arco. Imaginadlo como una luna en cuarto creciente: solo podéis ver una parte de ella, pero el resto de la luna está ahí, en sombra. El Arco sería la parte luminosa: una parte del todo, los mundos visibles del espectro. La parte oscura es donde existen todas las posibilidades y probabilidades, esas pequeñas realidades alternativas que se escinden cada vez que se toma una decisión importante.

Una parte del Arco está preñada de magia; la otra, de tecnología. Las Tierras que están en torno a cada una de esas partes se conocen como mundos marginales. Los Caminantes de los mundos marginales son muy apreciados porque proceden de espacios tan cargados de magia o de tecnología, que suelen ser bastante más poderosos que los que procedemos de los mundos intermedios. Los que vienen del lado mágico pueden hacer de todo, desde volar hasta hacer hechizos —y no me refiero a volar como Jo, que tiene alas y solo puede volar si hay suficiente magia en el aire: me refiero a volar sin más, a voluntad—, porque ellos mismos son lo bastante mágicos como para arreglárselas incluso en una atmósfera a la que no están acostumbrados. Los del lado científico son más como J/O, que, por lo que he oído, es lo más parecido a un marginal que hemos tenido en muchas décadas.

Los mundos marginales ya casi no producen Caminantes; los Maldecimales y los Binarios controlan sendos extremos del espectro, y se apropian de todos los Caminantes que encuentran. Muy de vez en cuando detectamos alguno, pero nunca conseguimos llegar hasta ellos antes que los Maldecimales y los Binarios.

La pantalla gigante del fondo de la cantina estaba encendida, y todos la mirábamos. ¿Vendría el nuevo Caminante del lado mágico o del científico? ¿Cuánto tardarían en localizarlo los Maldecimales y los Binarios?

—Todavía no sabemos cuál es su estatus, pero Arriba me induce a creer que tiene la capacidad de desencadenar un auténtico desastre si no lo cogemos. Joeb, Jerzy, Jonha, Jorisine y Josy: id a vestiros.

Un murmullo se extendió por la sala. Cuatro de los mencionados eran oficiales superiores, y era la primera vez que el Anciano enviaba a tantos a una sola misión. Si fracasaban, cuatro equipos quedarían inoperativos hasta que pudieran ser divididos y reasignados a otros equipos.

Aquello era muy gordo.

Y además estaba enviando a los pesos pesados. El

propio Joeb venía de uno de los mundos marginales, de los del polo mágico. Pensándolo bien, eso debía de indicar que aquella era una Tierra de magia; Joeb tenía un aspecto más o menos humano, pero la piel de Jonha era como la corteza de un árbol y Jorisine era lo más parecido a un elfo que he visto en mi vida. Josy también parecía más o menos humana, pero personalmente me recordaba a Rapunzel. Su dorada melena le llegaba hasta los tobillos, y era lo más resistente que había visto en mi vida. La llevaba recogida en finas trenzas, al final de las cuales llevaba atados unos cuchillos pequeños.

En cuanto al último, Jerzy, parecía un pájaro y era ligero y rápido, además de uno de los corredores más veloces de la nave. No podía volar como Jo, pero con lo rápido que se movía, no le hacía falta. La verdad es que en cierto modo me sentía orgulloso de que formara parte de un equipo de oficiales; Jerzy había sido uno de mis primeros amigos allí, y esperaba que esto supusiera para él la posibilidad de ser ascendido a oficial.

—Esta noche todos deberéis dormir con un ojo abierto; no hay muchas probabilidades de que nos detecten, pero existe la posibilidad, sobre todo teniendo en cuenta la potencia que vamos a desplegar. Joey Harker, reúne a tu equipo y venid a mi despacho.

La pantalla se apagó y tardé unos segundos en procesar lo que acababa de oír.

—¿Ha dicho mi nombre? —dije, reaccionando de inmediato y mirando a Josef. Él y Jakon eran los únicos miembros de mi equipo que seguían levantados, que yo supiera.

—Ya te digo —confirmó Josef, que parecía tan confuso como yo.

—No puede ser que tengamos que salir otra vez;

hemos salido esta misma mañana. —Jakon seguía mirando fijamente la pantalla, con el pelo levemente erizado por la confusión.

—Pues quedándonos aquí sentados no lo vamos a averiguar —suspiré, poniéndome en pie—. Vamos. Probablemente los demás también lo han oído. No les hagamos esperar.

—Buena suerte —nos dijo Acacia, y me quedé mirándola un momento antes de acordarme de darle las gracias. Había olvidado que estaba allí. Y eso planteaba un pequeño problema.

—Vaya, se supone... que debes estar acompañada en todo momento, ¿no?

—No te preocupes por eso. Me quedaré en la cantina —dijo, señalando con la cabeza a la gente que quedaba por allí; no eran tantos como a la hora de la cena, pero sí unos cuantos—. Todavía no he terminado de comer.

—Vale —dije, parándome a reflexionar un momento. Técnicamente ella no era responsabilidad mía, así que no me iba a buscar un problema por dejarla... y la orden de reunir a mi equipo había venido del mismísimo Anciano, así que estaba cubierto. Asentí con la cabeza y me despedí—. Hasta luego, pues.

No es que fuera la salida más elegante que he hecho en mi vida, pero estaba cansado y distraído. Parecía como si aquel día no fuese a terminar nunca.

—Ya viene —dijo Jakon, espabilándose. Llevábamos esperando frente a la puerta del despacho del Anciano apenas treinta segundos, pero incluso cinco parecen una eternidad cuando sabes que te está esperando.

Jo dobló la esquina corriendo un segundo después, con el cabello más voluminoso de lo habitual. Según se acercaba a nosotros, pudimos ver que traía las alas mojadas, y sus plumas tenían un aspecto más ralo que majestuoso.

—Lo siento —murmuró, apartándose el cabello de la cara, y poniéndose a la defensiva, añadió—. Me ha pillado en la ducha.

—Mm, hueles a pluma mojada —la chinchó Jakon, y la broma le valió una fulminante mirada.

—Mira quién fue a hablar —replicó Jo, con esa aristocrática arrogancia que al parecer solo los seres alados poseen.

—Ya podemos entrar —dije, abriendo la puerta.

Jai estaba ya en el despacho, de pie, con las manos a la espalda y en silencio. Ni siquiera alzó la vista cuando entramos. Estaba mirando fijamente un cuadro que había tras el escritorio del Anciano, que representaba el Arco que constituía el Altiverso. El Anciano nos echó una de sus características miradas nada más entrar.

—Me alegro de que hayáis decidido reuniros con nosotros. No os sentéis, vais directos al vestuario.

—Pero si hemos… —comenzó Jakon, pero se calló en cuanto el Anciano se volvió hacia ella.

—Conozco vuestro horario perfectamente, Jakon Haarkanen, soy yo el que lo diseña. —Dejó que la reprimenda calara un momento, y esperó a ver si era lo bastante estúpida como para decir algo más. No abrió la boca.

—Vais a regresar a la Tierra FΔ986. Y lo haréis por tres razones muy concretas, siendo una de las más importantes la de que yo así os lo ordeno. En cuanto a las otras dos, os las voy a explicar para que comprendáis lo importante que es vuestra misión, a ver si es posible que esta vez no fracaséis. —Esperó unos segundos a que lo procesáramos antes de continuar—. La primera es que debéis llevar a cabo con éxito vuestra primera misión. Necesitamos esa información.

Se volvió hacia J/O. Como genio informático de nuestro equipo, él sería el responsable de entrar en el ordenador central y descargar los archivos que necesitábamos. ¿Que por qué los necesitábamos? Eso no lo sabíamos (y tampoco lo preguntamos). El Anciano solo te proporcionaba la información que necesitabas, y eso significaba que a los mindundis como nosotros rara vez nos ponía al corriente de todo.

—La segunda es otro código Mercurio. El radar detectó a un nuevo Caminante hace aproximadamente una hora. Los Binarios ya lo tienen, pero está en el mismo mundo del que acabáis de regresar; probablemente lo habéis activado con vuestra rápida entrada y salida. Es muy potente, así que tenéis que atraparlo.

Todos asentimos con la cabeza, pero no podíamos evitar pensar que aquello no tenía sentido. ¿Había dos Caminantes, y los dos se habían activado a la vez? No sabía si eso había sucedido antes, pero si el otro aún no había sido descubierto, ¿por qué enviar a cuatro oficiales a buscarlo y hacer que fuéramos nosotros quienes se abrieran paso entre las fuerzas binarias?

El Anciano se volvió hacia mí y noté que la piel me escocía como si el sol me hubiera quemado.

—¿Tienes algo que decir, Harker?

Era inútil que intentara engañarle.

—Sí, señor. Si los Binarios ya lo han capturado y lo tienen en una de sus bases, ¿por qué nos envía a nosotros y no a los cuatro oficiales que ha enviado a por…?

Su intensidad aumentó un poco más, y mi piel pasó de estar quemada por el sol a gratinarse en el horno.

—Porque, pese a la importancia de esta misión, el otro Caminante tiene prioridad. Créeme si te digo que ha sido una decisión difícil. Sé que ya habéis salido hoy, pero tomaos un café y poneos manos a la obra. Jai tiene toda la información, y el alquimista se reunirá con vosotros en los vestuarios. Retiraos.

Abandonamos su despacho y nos montamos en el transportador. Normalmente nos movíamos a pie, salvo en caso de emergencia; la mayoría de los pasillos tenían cintas transportadoras cuya velocidad se podía regular. La programé para que nos llevara hasta los vestuarios y subí un poco la velocidad; de este modo tardaríamos apenas unos segundos, en lugar de los dos o tres minutos que nos llevaría ir andando hasta allí.

A veces la clave está en esos dos o tres minutos.

Jirathe nos estaba esperando con los «cafés» —una forma coloquial de referirse a las inyecciones vigorizantes— y no quiso desperdiciar saliva hablando mientras nos vestíamos. Nos inoculó una dosis a cada uno, observando atentamente nuestras reacciones. No sé qué es lo que llevan; me lo contó una vez, pero la terminología química no tiene ningún sentido para mí. Lo único que sé es que te proporcionan una gran energía que te hace sentir como si hubieras dormido diez horas seguidas en un colchón tan cómodo que hasta dejaría sin argumentos a la princesa del guisante, solo que no te despiertas embotado ni entumecido.

Nos subimos a la plataforma que había junto a los vestuarios. Las inmensas puertas automáticas se abrieron, permitiéndonos ver la prehistórica Tierra que teníamos justo debajo, y dejando pasar los mortecinos rayos de luz junto con una ráfaga de aire fresco. Detrás de nosotros, Jirathe estalló en mil colores, y empezamos a Caminar.

Υ

—¿En tu mundo había películas? Porque en el mío había una que se titulaba *Misión imposible*, con un tema musical muy pegadizo…

Jai apretó los dientes, y sus nudillos se volvieron blancos al apretar las manos por delante.

—Ten la bondad de acallar tu superflua verborrea —murmuró, sin apartar los ojos de Jakon—. Esto requiere un ímprobo esfuerzo de concentración.

—Perdón —me disculpé.

Qué otra cosa podía decir. Jakon estaba escalando la fachada del edificio mientras Jai la hacía invisible. O, como diría él: «Reducía las probabilidades de que la descubrieran». En realidad, más que hacerla invisible, lo que hacía era rodearla de la creencia de que no podía ser vista. Resultaba difícil de creer, teniendo en cuenta que todos podíamos ver cómo trepaba por el muro, pero Jai me había explicado que podíamos verla porque sabíamos de antemano que estaba allí. De lo que no tenía ni idea era de cómo podía trepar por aquella pared; el edificio era de vidrio y metal, y liso como una plancha. Daba toda la impresión de que sus únicas herramientas eran una mente limpia y la pureza de sus intenciones.

J/O habló en voz alta, y confirmó que Jakon había logrado colocar el microchip que se encargaría de confundir al sistema de seguridad. Puso una mano sobre el panel que había al lado de la puerta, con los ojos temporalmente desenfocados mientras analizaba el sistema de comandos.

Tras nuestro último intento, habíamos optado por un rumbo diferente. Sabíamos que ellos eran superiores en número —siempre lo eran, si bien en este caso hablábamos de cientos y no de unas docenas— pero nosotros teníamos una ventaja que aún no habíamos utilizado. Toda su atención estaría puesta en contener al nuevo Caminante, y nadie esperaría que volviéramos tan pronto después de haber escapado por los pelos esa misma mañana. Los Binarios eran ordenadores orgánicos; calculaban lo que era lógico y probable. Eran lo más parecido a un ciborg que habíamos visto —salvo en el Universo YYΣ237[3], al que la mayoría llamábamos el Trekiverso—. En todo caso, nosotros éramos humanos (la mayoría), y teníamos emociones. También determinación. Y, por último, teníamos el elemento sorpresa.

Además, habíamos recibido un chute de «café», que fue probablemente lo que hizo que Jakon pudiera escalar la fachada.

—Vamos allá —dijo Jo, balanceándose levemente sobre sus pies. Pese a su habitual serenidad y su carácter algo sarcástico, su forma de actuar parecía ahora más propia de Jakon.

—Todavía no —advertí, aunque estaba tan impaciente por terminar con aquello como los demás—. Espera hasta que J/O...

—La tengo —dijo el ciborg, y sus ojos recuperaron el foco mientras se cerraban las puertas—. Jakon está arriba, en un conducto de ventilación, pero su aleatorizador portátil la mantendrá a salvo de los robots patrulla. El Caminante está en la misma planta que la información que necesitamos.

—Qué feliz casualidad —dijo Jai.

No tenía más remedio que estar de acuerdo con él, y eso me preocupaba. No sabía muy bien si me estaba volviendo paranoico o no, pero la última vez que me preocupé durante una misión, todo mi equipo cayó en una elaborada trampa de los Maldecimales.

—Pero estate atento —le advertí, lo que me valió una mirada semiairada de J/O.

—¿Dudas de mis sensores?

—No, simplemente no quiero que volvamos a acabar todos en un sándwich maldecimal.

—Esta vez se trata de los Binarios, no de los Maldecimales.

—Probablemente tendría el mismo sabor: malo.

Jo se echó a reír. Hasta Jai esbozó una sonrisita burlona. Estábamos todos un poquito pirados, y sin embargo nuestros sentidos funcionaban bastante bien. Mientras subíamos por las escaleras, empleamos dos veces el truco de «en realidad no estamos aquí» de Jai para evitar ser sorprendidos por una patrulla de clones, y J/O proyectó la imagen de un pasillo vacío para despistar a un robot de vigilancia. En cierto modo, resultaba más fácil enfrentarse a los Binarios que a los Maldecimales; para mí los ordenadores son más comprensibles que la magia, aunque no estuviera lleno de nanochips como J/O.

Pero también tenía sus inconvenientes.

—Mierda.

—Tienes tropecientos diccionarios en tu cabeza, ¿y no se te ocurre nada mejor que decir? ¿Qué pasa?

J/O se limitó a señalar una pared.

Nos quedamos mirando la pared unos segundos, luego nos miramos unos a otros. Finalmente, miramos a J/O.

—¿Se te han fundido los plomos o algo? —preguntó Jo—. ¿Qué es lo que estamos mirando?

—¿Qué te parece que es? Es una pared —respondió J/O, y creo que alguno habría intentado estrangularlo si no fuera porque no necesita respirar. Por suerte para él, continuó antes de que uno de nosotros encontrara una manera más efectiva de dar salida a la frustración—. Se supone que es una puerta, chicos.

—No todos tenemos los planos de la planta en un archivo de misión integrado —le espeté.

—Eso no es culpa mía —replicó J/O con cierta petulancia.

—Venga, proyéctalo ya.

Uno de sus ojos se iluminó con una luz roja y en la pared más cercana a nosotros apareció un mapa del edificio. Había un puntito gris en el pasillo que indicaba dónde estábamos, y justo delante de él había una puerta. Pero esta aparecía únicamente en el mapa, allí no había nada.

—Hum —dijo Jai. Dio un paso al frente pero, antes de que pudiera dar el segundo, la pared se abrió, sin más, y allí estaba Jakon.

La chica lobo estaba agazapada sobre un clon de vigilancia, y aún tenía extendido el brazo con el que había pulsado el botón para abrir la puerta oculta. Había unos cuantos guardias más tendidos en el suelo, detrás de ella, y la sonrisa de satisfacción que tenía en la cara revelaba cuál había sido su destino.

—¿Por qué habéis tardado tanto? —preguntó.

—¡Buen trabajo, chica! ¿Quieres un premio? —Josef era el único del equipo que se atrevía a chincharla de esa manera, puesto que ya había demostrado una vez que era lo suficientemente grande (y lo bastante fuerte) como para cogerla por el cogote. Ella le enseñó los dientes y gruñó, aunque con menos entusiasmo de lo habitual. Le había hecho gracia. Y a mí también, pero no podía evitar preguntarme qué sentido tenía una puerta que solo se podía abrir desde dentro. ¿Cuál era la razón de ser de una habitación de la que se podía salir pero a la que no se podía entrar?

—¿Es este el ordenador que necesitas, J/O? —pregunté mientras entrábamos—. ¿Y te importaría volver a proyectar el mapa? Quiero asegurarme de que no haya más puertas ocultas por aquí.

—Atinada observación, Joey —dijo Jai al tiempo que J/O volvía a proyectarlo.

—Joe, ¿ya no te acuerdas? —dije mientras examinaba el mapa.

No se me daba muy bien leer mapas, pero aquel parecía bastante sencillo. El puntito gris estaba ahora en el centro de la habitación; justo detrás estaba la puerta por la que habíamos entrado y había tres paredes, todas lisas y sin puertas. Todo parecía en orden, salvo por varias líneas de puntos que se movían por el mapa.

—¿Qué es eso de ahí? —pregunté.

—Conductos de ventilación. ¿Cómo crees que ha

entrado aquí Jakon?

—Sigue esta de aquí —dije, señalando con el dedo una de las líneas. Se me ocurrió una idea que hizo que olvidara el misterio de la habitación sin entrada—. ¿Sabes exactamente dónde está el nuevo Caminante?

J/O entornó su otro ojo mientras se concentraba; entonces, otro punto gris apareció en el mapa, unas cuantas habitaciones y pasillos más allá de donde estábamos nosotros.

—Los conductos llevan directamente hasta allí. Podríamos enviar a Jakon.

—Cómo no —dijo la chica lobo, sonriendo con su boca llena de dientes.

—Tu plan es razonable, pero en este punto J/O debe concentrarse en los ordenadores. Yo propondría que nos dividiéramos para poder alcanzar ambos objetivos.

Jai tenía razón. Yo no quería dividir el grupo, pero teníamos un límite de tiempo. El minialeatorizador que

Jakon había colocado y el que llevaba encima indicaban que aún no nos habían descubierto, pero J/O solo había logrado hacer dos, y no eran muy potentes. En cuanto entrara en el sistema saltaría la primera alarma, y el rescate del Caminante dispararía la segunda.

—Tenemos que actuar al mismo tiempo —decidí—. Jo, ¿cabrás en el conducto con las alas?

Jo miró a Jakon, que entornó los ojos con aire pensativo y asintió con la cabeza.

—Son plegables —dijo Jo, no sin cierta reticencia.

—Vale. Jo, Jakon y yo iremos por los conductos a rescatar al Caminante. Josef y Jai protegerán a J/O mientras descarga la información. Jai, tú y yo vamos a conectarnos.

Jai asintió, extendió una mano y se llevó la otra a la oreja. Yo le imité y juntamos nuestras palmas. Un extraño «sabor» metálico cruzó por mi mente. Es algo así como cuando nadas mucho rato seguido y te da la sensación de que el cloro ya forma parte de ti.

Probando, pensé, dirigiéndome a Jai, y él asintió.

La proyección de tu voz es perfectamente inteligible, pensó él.

—Ojalá el estar conectado a ti me permitiera acceder aunque solo fuera a la mitad de tu vocabulario —dije en voz alta. Luego me volví hacia Jakon y Jo—. ¿Listas, chicas? —Ambas asintieron y añadí mirando a Josef—: ¿Podrías darnos un empujoncito?

El hombretón asintió y alzó a Jakon con una sola mano. Salió despedida por el interior del conducto de ventilación, sin hacer apenas ruido. Yo fui el siguiente, aunque por desgracia hice algo más de ruido; Jakon era más ligera que yo y bastante más ágil. En ese momento decidí tener más cuidado con la distribución de mi peso; lo último que necesitábamos era que el conducto se rompiera y nos descubrieran. Jakon me miró con altivez cuando pasé sigilosamente por delante de ella para ponerme a la cabeza, iba tentando con el pie para comprobar la firmeza de la cubierta metálica.

Jo fue la siguiente, llevaba las alas alrededor de su cuerpo como si fueran una capa. El conducto era muy estrecho y no podía girarme para mirarla, pero me pareció que estaba molesta. Recordé su expresión cuando nos contó que la habíamos pillado en la ducha, pero me aseguré de contener las ganas de reír. Necesitaría otra ducha después de esto.

—¿Jakon, llevas tu arma?

—Sí —gruñó.

—Vale. Pásamela. Cuando Jai dé la señal activaré mi escudo y entraré. El escudo parará los primeros golpes; eso me dará tiempo para ocuparme de unos cuantos. Cuando oigas los primeros cuatro o cinco tiros, bajas y haces lo que tengas que hacer. La habitación a la que nos dirigimos tiene una ventana que da al exterior, está a la izquierda. En cuanto se presente la ocasión, la rompemos. Jo, cuando oigas romperse el cristal, bajas y coges al Caminante. Sácalo volando...

—Aquí no puedo volar —dijo—. Puedo planear, pero...

—¡Pues hazlo! Busca el portal más cercano y regresa a la Base. ¿Entendido?

Jakon asintió. Jo vaciló un momento, obviamente no estaba muy segura de que fuera buena idea dejarnos allí, pero finalmente murmuró un «entendido».

Continuamos avanzando por los conductos en silencio; y entonces nos encontramos con algo que no había previsto.

El conducto se bifurcaba.

—¿Por dónde? —susurró Jakon. Respiré hondo,

tratando de visualizar el mapa que J/O había proyectado en la pared. Si nosotros mirábamos en esa dirección y los conductos subían… Pero yo había deslizado el dedo sobre la pared, que no es lo mismo que «subir», y ahora daba la impresión de que estábamos avanzando en otra dirección. ¿Era a la izquierda?

No estaba seguro.

—¡Joey! ¿Por dónde? —Jakon susurraba más alto ahora, y cerré los ojos. Nunca se me han dado bien este tipo de cosas. ¿Por qué podía caminar entre mundos y pergeñar sofisticados planes que a veces incluso salían bien pero era incapaz de leer un mapa?

Un momento, era porque soy un idiota. No necesitaba ningún mapa. Yo era un Caminante, igual que la persona a la que debíamos rescatar.

Respiré hondo, tratando de encontrar en mi mente aquello que me permitía Caminar, y lo expandí.

Entonces lo percibí. Era como cuando estábamos en el Maléfico y liberamos los espíritus de nuestros hermanos y hermanas, sacándolos de aquellos tarros… Tenía la sensación de que mi cerebro estaba lleno de estática, y notaba una especie de atracción magnética que me conectaba con el otro Caminante. Nuestros sentidos se tocaron, y entonces supe quién era. Se llamaba Joaquim.

—Por la derecha —susurré, y Jakon echó a andar. Yo la seguí a tientas, temblando aún por la adrenalina y el entusiasmo que me había producido aquella experiencia, y por el recuerdo de aquellos espíritus que liberamos en nuestra desesperada huida de los Maldecimales, la primera misión que nos convirtió en un equipo.

Me paré. Estábamos justo encima de ellos. Podía sentirlo.

—Es aquí.

Saqué la pistola láser de Jakon y la mía y cogí impulso con las rodillas pegadas al pecho.

¿Jai? ¿Situación?

J/O está intentando eludir el cortafuegos.

Deja que active la alarma —pensé—. *Mientras consiga la información que necesitamos, la alarma nos ayudará a escapar.*

Hubo un silencio y, a continuación:

Deja que lo hablemos. —Otra pausa—. *Haremos lo que propones. Está desactivando el cortafuegos...*

—¿Preparadas? —las chicas asintieron, yo respiré hondo y esperé a oír la voz de Jai en mi cabeza.

¡Ahora!

Abrí el conducto de una patada y activé mi escudo mientras me dejaba caer, con sendas armas en las manos como un héroe de acción. Todas las clases a las que asistí en el InterMundo fueron provechosas, pero algunas lo fueron más que otras.

Había ocho o diez guardias en la habitación, todos colinabos: tres en la única puerta, unos cuantos más alrededor y cuatro que rodeaban al nuevo Caminante. Preferí no disparar a estos últimos, corría el riesgo de darle al Caminante. Saltó una alarma y logré deshacerme de uno nada más caer al suelo, y también me deshice de otro antes de que empezaran a disparar. Noté el impacto de los disparos en mi escudo, e instintivamente los conté: uno... dos...

Por el rabillo del ojo vi que el Caminante se ponía de pie, y blandía en el aire la silla en la que había estado sentado. La rompió contra uno de los clones, y tuve que cambiar mi estrategia para defenderlo de los otros dos que iban a por él. La verdad es que estaba un poco sorprendido. Imaginaba que al Caminante le aterrorizaría todo esto. Así fue como me sentí yo cuando estuve en su lugar. Y sin embargo, estaba exponiéndose a sus disparos, y él no tenía escudo.

Ataqué al que estaba más cerca de él, y conté otros dos disparos que impactaron en mi pecho y mi brazo. Noté que el escudo se debilitaba, y justo en ese momento, Jakon saltó desde el conducto emitiendo un sonido que estaba a medio camino entre un aullido y un ladrido. Fue a aterrizar encima de uno de los clones, saltó sobre él como si fuera un trampolín y le hincó los dientes a otro. Ataqué a otro de los colinabos que estaba más cerca de Joaquim, y entonces pensé que si iba a tomar la iniciativa bien podía además ser útil.

—¡La ventana! —grité, y se me quedó mirando. Da igual las veces que lo hayas visto, siempre sorprende ver tu propia cara devolviéndote la mirada. Me pregunté si, en cierto modo, los mellizos experimentarían esa misma sensación. Joaquim se parecía menos a mí que otros; sus ojos y su cabello eran más oscuros, aunque no por ello dejaban de ser marrones y rojo, respectivamente.

Percibí en sus ojos la misma sorpresa y la misma suspicacia que sentimos todos cuando esto sucede, fue apenas un instante, y luego siguió mis instrucciones, cogió una silla y la lanzó contra la ventana.

El cristal se rompió y cayó hacia fuera, igual que la silla, y Jo saltó desde el conducto. Desplegó sus alas (levantando una nube de polvo, lo que en otras circunstancias habría resultado gracioso) y cayó sobre Joaquim. Sus ojos se abrieron como platos cuando Jo lo abrazó y salió volando por la ventana con él. Los perdí de vista unos instantes, pero luego Jo cogió una corriente ascendente y entonces volví a verlos, llevaba al nuevo Caminante colgando de sus brazos. Batió las alas una vez, dos, ganó altitud, y entonces oí un disparo a mi espalda, pero Jakon se abalanzó sobre uno de los clones y desvió el disparo. Pasó silbando justo a mi lado, llevándose lo que quedaba de mi escudo y cortando el ala derecha de Jo.

Jo cayó, dejando atrás un puñado de polvorientas plumas.

Capítulo siete

*R*ecuerdo que una vez tuve un accidente de tráfico. Mamá iba al volante, y el coche que teníamos delante dio un frenazo para esquivar una pelota que había quedado en mitad de la calzada. Yo iba distraído, pero recuerdo que mamá gritó: «¡No!» mientras nuestro coche patinaba sobre el asfalto. El tono de su voz estaba a medio camino entre la firmeza con la que solía hablar mamá y el dejo de súplica de mi hermana pequeña cuando decía «a dormir no, un ratito más». Recuerdo que supe que algo muy malo iba a suceder un segundo antes de que nuestro coche se empotrara contra el otro. No íbamos muy deprisa, así que no pasó nada; de hecho, más que el choque lo que se me quedó grabado fue la forma en que mamá gritó «no», como si creyera que podía evitar la colisión con la simple fuerza de su voluntad. Después, ella no recordaba haber gritado nada.

El instinto nos hace reaccionar ante una situación de peligro, independientemente de lo eficaz que pueda ser esa reacción. Nuestro instructor de lucha siempre nos dice que todo el mundo tiene instinto, solo es cuestión de entrenarlo, afinarlo para que haga lo que más te convenga a ti y a tu equipo en la situación que sea.

Por eso cuando Jo desapareció, no perdí el tiempo

hablando. Sabiendo que Jakon se ocuparía del clon que tenía justo detrás, me llevé la mano al disco que hay en mi cinturón y activé el cargador del escudo. Un escudo con la carga a tope puede soportar varios impactos de plasma, unos cuantos conjuros y unas doce libras de fuerza bruta. Tardaba diez segundos en cargarse del todo. Ese era el tiempo de que disponía para llegar a la ventana.

Salí corriendo, me agarré al marco de la ventana con una mano y vi cómo caían. Jo había extendido ambas alas en un intento de amortiguar la caída, y seguía teniendo al Caminante en sus brazos.

—¡Jo! —grité. Habían pasado dos segundos, tres, cuatro...

Jo plegó una de sus alas y se volvió hacia arriba para mirarme. Saqué el escudo del cargador y se lo lancé como si fuera un *frisbee.* Jo apretó los dientes y volvió a batir sus alas, intentando aplazar lo inevitable el tiempo suficiente para poder coger el escudo. Ambos sabíamos que no se había cargado del todo; en el mejor de los casos, el Caminante y ella acabarían con varios huesos rotos. Si es que lograba alcanzarlo antes de estrellarse contra el suelo.

Joaquim iba abrazado a la cintura de Jo. Ella consiguió liberar una de las manos para alcanzar el disco. En ese momento me alegré de que mi padre me hubiera enseñado a lanzar; el disco iba en la dirección adecuada, pero Jo estaba demasiado lejos. No iba a llegar a tiempo...

En su rostro se dibujó una expresión de sorpresa. Por un momento pareció que su cuerpo ondeaba, al igual que el aire a su alrededor, y entonces desaparecieron y el disco pasó de largo. Cayó al suelo un segundo después.

—Ha Caminado —me dijo Jakon, que estaba a mi lado—. Está bien. Ha Caminado.

Cerré los ojos y busqué un portal con el corazón desbocado.

—¿Estás segura? No percibo ningún portal.

—¿Cuándo lo has buscado?

—Ahora mismo…

—Pues eso es que lo ha usado, y por eso no puedes percibirlo, porque ya no está. Y nosotros tampoco deberíamos estar aquí más tiempo. ¡Vamos!

Me tiró de la camisa y me llevó hasta el centro de la habitación, pero tuve tiempo de ver a unos clones corriendo escaleras abajo, buscando a la chica que habían visto caer del cielo. Todo el mundo sabía ya que estábamos allí, así que era el momento de marcharse.

Jakon me impulsó hasta el conducto y luego se subió de un salto. Huimos por el mismo camino que habíamos seguido al venir, pero sin preocuparnos por el ruido que pudiéramos hacer. Ojalá a J/O le hubiera dado tiempo de terminar la descarga.

Jai, estamos de vuelta.

No obtuve respuesta alguna, únicamente percibí una mezcla de preocupación y confusión.

¡Jai!

¡Corre, Joey! —Su voz me llegaba estrangulada—. *Aquí hay un camino, pero no se distingue muy bien. Os necesitamos a los tres y también al nuevo. J/O no puede Caminar ahora.*

Solo somos dos; Jo y el Caminante han regresado a la Base, creo…

Jai soltó un improperio en una lengua que yo no conocía, pero el significado que tenía asignado en su mente habría hecho que me sonrojara en cualquier otra circunstancia.

Pues venid ya... —pensó.

Salí rodando por la misma abertura por la que Jakon había entrado en la habitación, e interrumpí la frase que Jai estaba pensando al aterrizar prácticamente encima de él. Jakon bajó un segundo después, emitiendo un gruñido sordo. Le devolví su pistola láser, y me quedé perplejo.

Jai y Josef estaban de pie en el centro de la habitación, J/O estaba tendido sobre el hombro de Josef como un saco de patatas biónicas. Jai tenía los brazos extendidos como Gandalf en la escena del «no puedes pasar», y toda la habitación había cobrado vida.

Era como estar dentro de un ordenador, si ese ordenador fuera al mismo tiempo una de esas casas del terror en las que las cosas saltan por sorpresa. Los objetos cotidianos que se pueden encontrar en cualquier habitación —interruptores, enchufes, luces de emergencia, ventiladores de techo— intentaban matarnos.

Apunté y disparé contra un cable que parecía un tentáculo saliendo de un enchufe y que parpadeaba con la luz azul de la corriente.

—¿Qué le ha pasado a J/O?

—Ha experimentado una especie de...

—¡En cristiano, Jai!

—¡Un cortocircuito! Concéntrate en el camino: ¡tenemos que abrir un portal!

Avancé de lado para esquivar el aspa de un ventilador que venía directo hacia mí como un bumerán psicótico, y disparando simultáneamente a una de las luces. Aquello explicaba lo de la habitación que se abría solo desde dentro; los Binarios eran electrónicos, y había un servidor empotrado en la pared. ¿Quién necesitaba puertas cuando podías enchufar tu conciencia a cualquier estación eléctrica del edificio? Dejaba entrar a los clones y a las máquinas más simples, pero podía detectar cualquier cosa que entrara en la habitación... salvo si tenían un minialeatorizador y podían acceder a los conductos de ventilación, como había hecho Jakon.

Vale, un misterio resuelto. Ahora a por el otro: cómo salir de aquí. Clavé los pies en el suelo y sentí una vez más ese cosquilleo que siento en mi mente cuando busco un portal. Allí no había ninguno, pero la energía era fuerte; algo así como una línea ley. En algún universo cercano a este existía un portal. El camino estaba ahí, solo teníamos que recorrerlo. O, más concretamente, Caminar por él.

—¡Josef, concéntrate! —Era el único de nosotros que no se dedicaba exclusivamente a luchar, pues llevaba a un inconsciente J/O al hombro. Aquella versión más grande de mí estabilizó su pistola láser, apuntando y dejando que el entrenamiento hiciera el resto mientras se concentraba. Sentí que su poder se sumaba al mío, y que la posibilidad de alcanzar el portal aumentaba.

—¡Jakon!

Apoyó su espalda contra mí con un rugido, enfundó su pistola y usó sus garras para bloquear los cables y los circuitos que se cernían sobre ella. Normalmente prefería las garras a la pistola. Su conciencia se unió a las nuestras, y pudimos ver el camino con claridad.

Ahora venía lo más difícil.

—¡Jai!

La versión más espiritual de mí lanzó sus brazos hacia delante, y a continuación los volvió a retirar. En lugar de soltar el escudo que tenía en la mano, que era lo que yo esperaba, lo expandió para incluirnos a todos, y unió su mente a las nuestras.

Juntos, descubrimos ese pequeño detalle que nos permitiría regresar a casa, la ecuación

$$\{IW\}:=\Omega/\infty$$

que nos indicaba adónde debíamos ir y cómo llegar hasta allí.

Y Caminamos. Algunos fueron transportados, y otros —como Jai y yo— no recordamos nada más que la caótica estridencia del Entremedias unos segundos antes de perder el conocimiento.

No era ni la primera, ni la segunda, ni siquiera la tercera vez que me despertaba en la enfermería. Sabía exactamente dónde estaba antes de abrir los ojos, antes de saber siquiera que estaba despierto. Olía a medicinas y a sustancias de limpieza, y sentí que había más gente conmigo. A mi derecha (según comprobé con gran alivio) estaba Jo.

—Eh —le dije en voz baja, y hasta yo mismo noté el alivio en mi voz. Ella alzó la vista y esbozó una sonrisa, que es lo más a lo que normalmente podía aspirar. Me caía bien Jo; me había gustado desde aquel día en el acantilado, cuando habíamos llegado a algo parecido al entendimiento en relación con la muerte de Jay. Sabía que, en el mejor de los casos, yo le resultaba indiferente, pero me alegraba de tenerla en mi equipo—. Siento lo de tu ala. ¿Qué tal va?

Jo miró su maltrecha ala e hizo una mueca. Estaba sentada encima de la cama, no dentro, con la espalda apoyada en las almohadas, y vi que tenía vendados el cúbito y el radio. Había perdido buena parte de sus plumas secundarias, y las que le quedaban estaban chamuscadas.

—Tardaré unos días en volar otra vez... Y seguramente tardaré semanas en poder hacerlo en línea recta, hasta que me vuelvan a crecer las plumas.

—Lo siento —repetí. No sabía muy bien qué decir. Se volvió a mirarme.

—Gracias por intentar lanzarme el escudo. Podría haber funcionado.

—Sí. Da igual. De todos modos no te hizo falta: ha sido muy inteligente por tu parte Caminar de esa manera. Buen trabajo.

Jo meneó la cabeza.

—No fui yo. Fue el nuevo.

Me quedé mirándola unos segundos mientras mi cerebro procesaba aquello. ¿El nuevo había Caminado? ¿Con Jo? ¿Cuando ninguno de nosotros había percibido ningún portal?

—¿Cómo?

—Instinto, supongo… ¿Cómo Caminamos todos la primera vez?

Incliné levemente la cabeza en señal de asentimiento. En realidad no sabría decir cómo sucedió, simplemente fue así, y supongo que era eso lo que quería decir. Pensar en la primera vez que Caminé me hizo recordar otra cosa, y es posible que sonriera un poco.

—¿Qué le pareció el Entremedias?

—Ni idea… Me desmayé.

Me pareció que la incomodaba admitirlo, y decidí no insistir, pero lo cierto es que eso aumentó mi curiosidad. ¿El nuevo se había abierto camino por el Entremedias, él solo, con un Caminante herido?

Vale, lo admito. Estaba impresionado.

—¿Cómo están J/O y Jai?

—Jai empleó demasiada energía en ampliar el escudo y Caminar. Supongo que como estabais conectados…

—… yo también me desmayé —terminé la frase

por ella, y Jo asintió. Hice una mueca; había sido una estupidez por nuestra parte seguir conectados cuando estábamos juntos y además intentando algo muy difícil, pero lo cierto era que no habíamos tenido tiempo de desconectarnos. No obstante, tendría que incluirlo en mi informe de todos modos, y estaba seguro de que el Anciano me echaría una de sus miradas especiales cuando lo leyera.

Jo se percató de mi expresión y asintió de nuevo —te lo merecías— pero continuó hablando.

—J/O está… Creen que tropezó con un virus de seguridad que hizo que se apagara de inmediato. Lo tienen monitorizado, pero no parece que los médicos estén muy preocupados.

Asentí con la cabeza. Así que, en resumen, todos estábamos bien. Algunas heridas, algunos moratones, pero habíamos rescatado al nuevo Caminante. Y…

—¿Consiguió descargar la información?

Jo asintió con la cabeza de nuevo.

—Sí. El capitán Harker la está revisando.

Jo era la única de mi equipo que lo llamaba así en lugar de «el Anciano». Pero siempre me molestaba oírlo. Mi padre me llamaba así a veces cuando era pequeño. Había atravesado una fase Star Trek, y jugaba a que era el capitán de mi propia nave espacial; la nave era el sofá del salón, mi cama, el coche, o cualquier otra cosa que se me ocurriera. Siempre me parecía oír la voz de mi padre cuando alguien decía «Capitán Harker», y se me hacía muy raro. Pero Jo no tenía la culpa de eso. No tenía manera de saberlo, aunque me pregunté si su padre se parecería al mío. Era una de las curiosidades de los mundos paralelos.

—¿Has entregado ya tu informe? —le pregunté, recostándome sobre la almohada. No es que aquella cama fuera muy cómoda, pero era mucho mejor que estar embutido en un conducto de ventilación.

—Sí. No tenía mucho más que hacer.

—¿Cuánto tiempo he estado inconsciente?

—Solo media hora o así, pero volvieron a dormirte para monitorizar tus constantes vitales y desactivar tu conexión con Jai. Hace unas dos horas que regresamos.

—Vale.

Volví lentamente la cabeza hacia Jai para no desencadenar la jaqueca que me rondaba. Al decirlo Jo, recordé vagamente la primera vez que desperté mientras me llevaban a la enfermería. Estaba desorientado y confuso, pues seguía conectado a Jai; era casi como estar en dos sitios a la vez.

—¿Cómo está? —pregunté.

—Los médicos dicen que se ha extralimitado, pero estará bien en cuanto descanse un poco.

Asentí y respiré hondo antes de deslizar mis piernas por el borde de la cama e incorporarme con cuidado. Me encontraba bien, pero sabía que debía presentar mi informe cuanto antes. Así podría irme a la piltra.

—Venga —dijo Jo como si me hubiera leído el pensamiento—, antes de que venga aquí y te ordene que le informes personalmente.

—Buena idea. —Lo último que necesitaba era tener que recitarle todos los detalles de la misión mientras aguantaba su severa mirada.

Me dirigí hacia la puerta, pero me detuve. Su voz parecía más suave de lo habitual; como lánguida, y se la veía agotada y pálida.

—¿Necesitas algo? —le pregunté. Pareció sorprenderse, luego negó con la cabeza.

—Solo necesito… dormir un poco más. Estoy bien.

Salí de la enfermería y me dirigí a mi camarote, asombrándome de que Jo se sorprendiera siempre que la trataba con amabilidad. Nunca nos habíamos llevado especialmente bien, pero tampoco se podía decir que nos lleváramos mal. Al menos, no desde que le pedí que dejara de ser tan borde conmigo. Quizá tuviera algo que ver con eso.

Los pasillos estaban desiertos. ¿Qué hora sería? Miré mi reloj: las tres de la mañana. No era de extrañar que todo estuviera en silencio.

Al llegar a mi camarote percibí algo extraño que me llevó unos segundos identificar. No pasaba nada en realidad, solo...

La habitación estaba vacía. Ni Tono ni Acacia.

Ni siquiera era consciente de que esperaba encontrarla allí hasta que no la encontré. La verdad es que me había olvidado de ella por completo porque tenía que concentrarme en la misión... pero ahora, solo en mi silenciosa y oscura habitación, me sorprendía sentirme tan decepcionado. ¿Dónde estaría? ¿Le habrían asignado una habitación? ¿Se habría marchado de Ciudad Base?

Este último pensamiento hizo que sintiera el impulso de salir a buscarla, pero me detuve sin llegar a darme la vuelta.

—No seas ridículo, Joey —murmuré en voz alta, y me llevé la mano a la frente al darme cuenta de que yo mismo acababa de llamarme Joey. No era extraño que pareciera imposible conseguir que los demás me llamaran Joe; ni siquiera yo mismo era capaz de recordarlo—. Escribe tu informe y vete a dormir —me dije a mí mismo, como si esperase que alguien me respondiera. Pero mi habitación siguió en silencio, así que fui hacia mi escritorio y me senté al ordenador, que era más bien una máquina de escribir sofisticada. Olvidaos de los juegos de ordenador o de navegar por Internet; aquel trasto era tan rápido como un nanopod, pero lo único que podías hacer con él era escribir e imprimir.

—Misión 2 en Tierra F delta noventa y ocho a la sexta —murmuré mientras escribía—. Joe Harker.

Me quedé mirando mi nombre unos instantes, y a continuación añadí una «y». Luego la borré. Luego lo borré todo y escribí: Joseph. Elegante y neutro. Después de todo, el Anciano se me había presentado como Joe Harker y no tenía sentido abundar en la confusión.

Me quedé mirando la pantalla en blanco un momento, luego empecé a teclear.

Lo peor no es ser el que le hace los coros al nuevo de la clase, lo peor es haberlo rescatado tú y que nadie te reconozca ese mérito. Joaquim no solo era el nuevo Héroe de Ciudad Base, también podía decirse que era la versión más atractiva de mí que he conocido, y él lo sabía. Se estaba tomando todo aquello con una tranquilidad que resultaba, como poco, desconcertante, y hacía que me dieran ganas de meterlo en la Zona de Emergencia con un alto porcentaje de variables y desarmado cada vez que le oía contar la historia de cómo había salvado a Jo.

Obviamente, si no dejaba de contar aquella historia era porque sus colegas Caminantes no dejaban de pedírselo. A él nunca se le ocurriría presumir o explicar la historia por propia iniciativa. Ya se encargaban los demás por él.

Tampoco es que yo hubiera sido nunca una figura popular. La mayoría de la gente se había limitado a evitarme los primeros meses, e incluso después de rescatar

yo solito a todo mi equipo de las garras de los Maldecimales y ayudarles a destruir una estación espacial que
habría hecho que el mismísimo Darth Vader se echara
a llorar llamando a su mamá, lo único que conseguí fue
que algunos se dignaran a compartir mesa conmigo en
la cantina o me saludaran con un gesto de la cabeza
cuando se cruzaban conmigo por los pasillos. Desde
luego, nadie me había pedido que contara mi historia
una y otra vez.

Lo peor de todo era que, mientras que a él todo el
mundo le felicitaba por haber salvado a Jo y haber logrado regresar sin ayuda de nadie, a mí me crucificaron
por haber perdido el disco escudo.

Había terminado de escribir mi informe a primera
hora de la mañana y me había pasado por el despacho
del Anciano a entregarlo, tras asegurarme de que no
se me había quedado en la cara la marca de las teclas.
Quedarte dormido sobre el teclado («hacerse cara de
gofre» lo llamábamos) se consideraba un error de novato, y lo último que quería era que alguien me to-
mara el pelo con eso. Bastante caña me habían dado ya
el día anterior.

No había llegado aún a la cantina cuando Jernan, el
intendente, salió a mi encuentro. Procedió a soltarme
un rapapolvo de diez minutos sobre la importancia del
equipamiento y de mantenerlo limpio, en buenas condiciones y, sobre todo, de traerlo de vuelta. Intenté explicarle que yo solo trataba de salvar a Jo y al nuevo
Caminante, pero no sirvió de nada.

Después de convertirme en el paradigma de lo que
no hay que hacer en una misión, me senté a desayunar.
No había manera de meter la pata comiéndose un desayuno, y que el Altiverso ayudara a quien intentara convencerme de lo contrario.

—Agh, gachas. ¿Quién come eso?

No debería haberme sorprendido. Daba igual adónde fuera, Acacia —no Casey— Jones siempre estaba allí para tensar un poco más mis ya castigados nervios.

Me volví dispuesto a darle una buena réplica, pero tuve que morderme la lengua cuando se sentó a mi lado a comerse un cuenco de gachas. Me guiñó un ojo, y no pude evitar esbozar una sonrisa antes de volver a concentrar toda mi atención en el desayuno. No sé por qué, aquella mañana no me alegraba tanto de verla como me hubiera alegrado la noche anterior.

—Eh, ¿qué pasa?

—Nada. Es que llevo un día…

—Pero si aún no son las nueve.

—Pero ayer mi jornada no acabó hasta las cuatro de la mañana, y hoy me he levantado a las seis. Así que, en lo que a mí respecta, es como si aún fuera ayer.

—Te pones muy gruñón cuando no duermes —me chinchó, y no pude evitar sentirme un poco acosado.

—¿Qué quieres que te diga? —supongo que fui algo más brusco de lo que pretendía, porque su respuesta fue como una bofetada.

—Me da igual lo que digas, pero deja de decirlo como si yo fuera la mala de la película.

Respiré hondo y le di un sorbo a mi agua vitaminada.

—Lo siento.

—¿Qué es lo que te tiene tan cabreado?

—Ayer fue un día muy largo, nada más. Y Jernan, el intendente, me ha echado una bronca por perder el disco escudo. —Ante su inquisitiva mirada, suspiré y se lo expliqué—. Intenté lanzárselo a Jo cuando se cayó…

—Una buena jugada, por cierto.

Normalmente resultaba imposible saber quién hablaba a menos que le vieras la cara. Quiero decir que todos teníamos más o menos la misma voz, con pequeños matices. Aquella voz sonaba exactamente como la mía, y aun así no me sorprendí cuando vi a Joaquim sentarse enfrente. Sabía que era él, seguramente porque últimamente me lo encontraba hasta en la sopa.

—Quiero decir que yo no tenía ni idea de lo que era cuando nos lo lanzaste —continuó, pinchando con el tenedor algo que parecían huevos—, pero cuando la gente empezó a comentar que habías perdido el escudo, lo entendí.

Probablemente mi desaliento se reflejó en la expresión de mi cara, porque hizo una mueca y me dio la impresión de que se hacía cargo.

—Lo siento. Es que la gente habla de ello.

—Claro. Se pasan la vida hablando de lo que hago mal, y eso cuando hablan de mí.

Acacia me miró alzando una ceja, pero la ignoré.

—Eh, venga ya —dijo Joaquim—. Soy la novedad; ya verás como a partir de ahora no hago más que meter la pata.

—Te has convertido en un héroe salvando a Jo como lo has hecho. —Me fastidiaba admitirlo delante de él, pero no tenía otra. Era la verdad, y era algo que a todos nos gustaba oír: «Has estado impresionante».

—Gracias. Estaba aterrorizado —admitió, y eso hizo que mis celos disminuyeran un poco—. No tenía la menor idea de lo que estaba sucediendo, era todo tan irreal… Y luego aterricé en ese sitio tan raro, como… Era como…

—¿Cómo un dibujo de Escher hasta arriba de ácido? —sugerí.

—Exactamente. —Se echó a reír—. Uf, qué alivio oírte decir eso. Todo el mundo habla de cosas que no entiendo.

—Para mí es un alivio que lo hayas pillado —admití—. Venimos todos de mundos diferentes, algunos más diferentes que otros. A veces resulta difícil encontrar referencias comunes.

—Sí, le pregunté a alguien si éramos como la Patrulla X y me miró como si hubiera dicho una barbaridad. Creo que no lo pilló.

Me reí.

—¿Y tú de dónde eres?

—De la Tierra, eh… —alzó el brazo y se subió la manga; vi que tenía algo garabateado en la piel— FΔ986, eso me dijo el capitán.

—Llámalo simplemente el Anciano, así lo llamamos todos. Y eso no te va a servir en los exámenes de aquí —le advertí, señalando la «chuleta» que se había hecho en el brazo.

—Nunca me han servido de nada —replicó con cierta timidez—. Tengo la sensación de que voy a ser el último de la fila.

—No es para tanto. —Maldita sea, cada vez me caía mejor, pese a que había decidido que no lo permitiría—. Tendrás que memorizar muchas cosas, eso sí, pero eso es fácil. Quiero decir que, si es fácil para mí, también lo será para ti, ¿no?

—Supongo que sí. Tío, no… O sea, tú eres yo. Eres igual que yo. Todos aquí son yo.

—Yo no —dijo Acacia, y tengo que admitir que casi me había olvidado de que estaba allí.

—Eso te iba a preguntar. ¿Eres…? —Hizo una pausa, y Acacia se limitó a mirarle con sorna—. ¿Quién eres?

—Acacia Jones —se presentó.

—No la llames Casey —le advertí, y Joaquim sonrió. Acacia me dio un codazo un poco más fuerte de lo estrictamente necesario.

—Acacia Jones, el misterio del Intermundo —dijo una cuarta voz, y al alzar la vista vi a Jerzy. La versión pajaril de mí tenía en la mano un plato en lugar de una bandeja, y en él había una exigua ración de comida.

—Soy un misterio en general —replicó Acacia, guiñándole un ojo. Sus plumas se hincharon un poco; las mías también se habrían hinchado si las tuviera. Aunque probablemente por otros motivos.

—O eso es lo que te gusta que pensemos —le dijo Jerzy, con una sonrisa malévola; no se andaba con tonterías, ni siquiera con las chicas guapas—. Te curras tu imagen, ¿eh?

98

—No me hace falta —replicó ella en tono jovial—, ya lo hacéis vosotros por mí.

Joaquim resopló. Decidí entonces que me caía todavía mejor. Jerzy se sentó con nosotros a la mesa.

—¿Qué tal fue el rescate? —le pregunté.

El equipo de los oficiales había regresado con el otro Caminante a media mañana, y todo el mundo se moría por verlo. Pero no hubo suerte; se habían llevado al nuevo, o la nueva, a la enfermería para hacerle un chequeo, y luego había ido derecho al despacho del Anciano. Nadie había vuelto a verlo o a saber de él o ella desde entonces.

—¡Fue alucinante! —dijo Jerzy mirando de reojo a Acacia. Las rojas plumas de su cabello estaban hinchadas como la cola de un pavo real en celo—. Una locura, la verdad.

—¿Sí?

—Sí. Josy perdió una trenza.

—Oooh —dije, haciendo una mueca. Josy presumía mucho de su pelo—. Y supongo que el responsable habrá sufrido una muerte horrible.

—Espantosa —rio Jerzy—. Fue una especie de planta. Estábamos en medio de una selva con un montón de extrañas vides carnívoras. No tuvimos grandes problemas para sacar a los Caminantes de allí; todo era cuestión de esconderse. Los Maldecimales tienen verdadera fijación con ellos.

Había algo que no me cuadraba. Al cabo de unos segundos, supe qué era.

—¿Con los Caminantes?

Las plumas de Jerzy se hincharon de emoción.

—Sí. Todavía no es oficial, así que si oigo rumores sabré quién es la fuente. —Dejó de hablar un momento para mirar a Acacia (que hizo el gesto de cerrarse la boca con cremallera) y a Joaquim, que asintió con la cabeza—. No se trata de un solo Caminante, sino de dos. Mellizos.

Me quedé boquiabierto.

—¿Ha sucedido antes alguna vez?

—¡Creo que no! Y luego el Anciano va y os envía a por un tercer Caminante… —dijo señalando a Joaquim con la cabeza— Tres Caminantes a la vez es algo nunca visto. Tampoco es que sea imposible, claro. Pero rescatar a dos marginales y a un tercero a la vez… Joeb dijo que había sido un buen día.

Jerzy alzó su vaso hacia Joaquim haciendo un brindis.

—Uau —exclamé, todavía sin palabras—. Eh, y mírate, ¡de misión con un equipo de oficiales!

Choqué mi vaso con el suyo después de que lo hiciera Joaquim.

—¿Te van a ascender?

Se puso un poco colorado.

—De momento no, y vete a saber si lo harán algún día. Pero ha sido alucinante verlos en acción —admitió—. Joeb es un gran líder. Los nuevos confiaron en él de inmediato. Yo tampoco habría dudado un segundo.

—Eso mismo me pasó a mí con Joey —dijo Joaquim, y le agradecí tanto el cumplido que ni siquiera me molesté en pedirle que me llamara Joe—. Bueno, en cuanto me di cuenta de que no era un espejo lo que tenía delante.

Me sonrió y le devolví la sonrisa, recordando lo que había dicho antes sobre si los gemelos tendrían la misma sensación. ¡Y ahora ya tenía a quién preguntárselo!

—Así que mellizos de uno de los mundos marginales, ¿eh? —dije, todavía asombrado—. ¿Y cómo son?

—¡Pues ahora mismo andan bastante confusos! Pero creo que lo llevan bastante bien. Se tienen el uno al otro, y eso los mantiene pegados a la realidad. Se llaman Jari y Jarl, chica y chico.

Justo en ese momento se activó el altavoz.

—Bonito truco —le dije a Jerzy, como si lo hubiera planeado él. Sus plumas se hincharon un poco, y Acacia se rio. Sin embargo, en el mismo momento en que el Anciano comenzó a hablar se acabaron las bromas. El tono de su voz era serio, de esos que sin alzar la voz hacen que todo el mundo deje lo que está haciendo para escuchar.

—Caminantes, quedaos en vuestros asientos. Uno de nuestros sistemas de seguridad ha recogido una anomalía en el gráfico, y no vamos a correr el riesgo de ser descubiertos. Vamos a noquearlo. Sé que la mayoría estáis en mitad del desayuno, así que agarraos a vuestras bandejas. Lo noquearemos en cinco segundos.

El altavoz crepitó y se apagó. Un murmullo se extendió por la cantina, unos parecían excitados y otros se quejaban, y los pocos que nunca habían vivido un noqueo expresaban su confusión, Acacia incluida.

—¿Qué significa eso de «vamos a noquearlo»?

—Ya lo verás —le dije, contento de saber algo que ella no sabía—. No te marea la velocidad, ¿verdad?

Acacia me fulminó con la mirada, pero agarró su bandeja y su vaso, igual que hacíamos Jerzy y yo. Joaquim nos imitó algo confuso.

Un segundo después, la realidad explotó.

Esa es la mejor forma de describirlo. «Noquearlo» significaba básicamente poner a máxima potencia los motores y el transportador interdimensional al mismo tiempo. En ese instante viajábamos por mundos, realidades y posibilidades a varios años luz por hora, sin movernos del sitio. Sería como coger todos los *remakes* de la misma película que pudieras encontrar, superponerlas y proyectarlas todas a cámara rápida. La luz parpadeaba; la noche y el día se sucedían treinta veces en un solo segundo; una bandada de pájaros apareció en mitad de la cantina y desapareció casi al mismo tiempo; los árboles se veían y se dejaban de ver. Estábamos todos bajo el agua pero nadie se mojó. Era como estar en la montaña rusa en 3D más rápida jamás inventada. Miré a Acacia para ver si estaba disfrutando del viaje.

No lo estaba. Tenía los ojos como platos y las manos en la cabeza, como si intentara protegerse del peor dolor de cabeza del mundo. Sus curiosas uñas con placas de circuito echaban chispas, y parecía viajar por el tiempo como el resto de nosotros. Podía ver la cantina a través de ella, y luego vi la nave a través de ella, y eso no era buena señal.

Estaba desincronizada.

—¡Eh! —grité, intentando hacerme oír por encima del sordo rumor del viento y el sonido de la alarma.

Se volvió hacia mí, su negro cabello le azotaba la cara. Alargó una mano y luego se echó hacia atrás al mismo tiempo que yo. Ambos sabíamos que era una mala idea. Si estaba desincronizada es que no estábamos en la misma fase, y si cambiábamos de fase en el mismo espacio y el mismo tiempo, las cosas podían ponerse muy feas.

—¿Qué te pasa? —le grité.

Acacia movió los labios, pero no oí lo que decía. Frunció el ceño, cogió aire y apretó los ojos. La nave dio una sacudida, solté la bandeja y las luces se fueron un momento cuando se apagaron los motores.

La luz volvió al cabo de unos segundos, y con ella la reacción habitual en una sala llena de Caminantes. Alivio o decepción, algunas risas al ver que unos cuantos habían perdido su desayuno (en sentido figurado y literal, no todos teníamos el estómago igual de resistente). Todo volvió a la normalidad.

Y Acacia no estaba allí.

Capítulo ocho

—Lo siento —me disculpé, mientras Joaquim se limpiaba las gachas de la camisa. Había soltado mi bandeja durante la distorsión espacio-temporal, otro error de novato. La bandeja se había deslizado a través de la mesa y había acabado volcándose sobre Joaquim. Ahora parecía como si alguien hubiera utilizado mi desayuno para pintar un cuadro abstracto sobre él.

—No pasa nada —dijo—. Solo me alegro de no haber vomitado. Ha sido una locura.

—Siempre lo es —dije, mirando a mi alrededor—. ¿Has visto adónde ha ido Acacia?

Era algo absurdo, pero deseaba con toda mi alma que hubiera corrido al baño cuando las luces se apagaron, o algo así.

Joaquim y Jerzy negaron con la cabeza, y este me miró con una seriedad sorprendente.

—No, pero deberías ir a informar. No puede haber ido muy lejos, las luces solo se han apagado unos segundos.

Tenía razón, y yo lo sabía. Pero estaba muy preocupado por Acacia, y no me apetecía ir a informar al Anciano de que había perdido de vista a la extraña a la que se suponía debía acompañar. Seguro que la cosa no era para tanto, pero…

—¿Necesitas ayuda? —le pregunté a Joaquim, que seguía limpiándose mi desayuno de la camisa. Miró a Jerzy, que me observó como diciendo: «sé que intentas escaquearte pero no te lo voy a permitir». Le saqué la lengua—. Todavía no eres oficial.

No tardé mucho en llegar al despacho del Anciano; la cosa me parecía lo suficientemente urgente como para usar las cintas transportadoras. Antes de lo que me hubiera gustado me vi delante de su escritorio, viendo cómo revolvía entre sus papeles como si tuviera cosas mucho más importantes de las que ocuparse.

—¿Señor? —No estaba seguro de si me había oído la primera vez. Alzó la vista, y su ojo biónico me atravesó. Reuní fuerzas y volví a dirigirme a él—: Acacia Jones desapareció tras el noqueo. Parecía estar pasándolo bastante mal, señor.

—Ya te he oído, y he asentido con la cabeza. Ese gesto significa «oído». ¿Alguna otra cosa?

Respiré hondo.

—¿No debería… no deberíamos preocuparnos por ella, señor?

Dejó los papeles sobre su escritorio de forma tan brusca que el aire agitó mis cabellos.

—No, Harker, no deberíamos. ¿Recuerdas cuando tu fóvim se ausentó sin permiso después de meterse en la Zona de Emergencia? —Asentí con la cabeza—. Algunas cosas no son compatibles con otras. No tiene mayor importancia.

Esperó un momento a ver si yo era lo suficientemente estúpido como para añadir algo más. Estuve a punto de hacerlo, pero el Anciano continuó sin darme tiempo a nada.

—Te sugiero que te tomes un respiro. Más tarde habrá un ejercicio de entrenamiento.

Casi fui tan estúpido como para seguir insistiendo, pero el intercomunicador del Anciano se activó y la voz de su secretaria resonó en toda la habitación.

—Jayarre quiere verle, capitán.

—Que pase —respondió el Anciano sin apartar la vista de mí. Me tragué lo que iba a decir y salí de su despacho. Me crucé con Jayarre, que me dio un consejo según entraba, y con Josetta, que seguía escuchando al Anciano por el intercomunicador.

—… Joryn, Jirathe, Jeric y J'emi —decía, mientras Josetta tomaba nota. Todos eran oficiales—. Y llama también a Jaroux.

Todo esto lo oí según salía al pasillo, y me dio que pensar. Estaba reuniendo a un grupo de oficiales, pero ¿qué pintaba el bibliotecario en todo esto?

Había toda una sección de la nave dedicada a la información no digital: libros de todos los tamaños y colores, diccionarios, enciclopedias, revistas, periódicos, copias impresas y encuadernadas de páginas del estilo de la Wikipedia… En la sección biblioteca era donde se guardaban los libros que utilizábamos en diversas clases, pero Jaroux era el bibliotecario más estricto que he conocido en mi vida. Tenía un sentido del humor poco común y era capaz de hablar durante horas sobre cualquier cosa, pero no había excusa en ninguno de los diez mundos capaz de protegerte si te retrasabas en la devolución de algún libro; o peor aún, si lo devolvías con algún desperfecto.

Un plan empezaba a fraguarse en mi cabeza. Tenía unas horas libres, y el Anciano me había animado a tomarme un tiempo. La sección de biblioteca era un sitio ideal para pasarlo; y sabía perfectamente que además de un completo sistema de referencia cruzada, la biblioteca tenía una completa colección de censos de casi todos los mundos a los que habíamos tenido acceso en los últimos cien años, algunos ordenados por nombres.

Era un comienzo.

Poco después de que Jaroux se fuera silbando por el pasillo de camino al despacho del Anciano, me colé por las puertas. Tampoco tenía por qué esconderme, en realidad: podíamos acceder a la biblioteca siempre que quisiéramos, incluso cuando no estaba Jaroux. «El conocimiento es libre —le había oído decir más de una vez—, y debería estar a vuestro alcance incluso cuando yo estoy ausente.» También solía recordarnos que sabía exactamente lo que había en la biblioteca, y que se daría cuenta si algo faltaba. La mayoría sospechábamos que en realidad los libros estaban marcados con un transmisor.

No era mi intención llevarme prestado ningún libro, pero no tendría que preocuparme de explicarle a nadie por qué de repente estaba tan interesado en cien años de censos.

A decir verdad, no tenía ni idea del porqué. Lo único que sabía era que no me habían contado toda la historia sobre la misteriosa señorita Jones, ni de lejos. Después de todo, intentar obtener una respuesta clara y directa de ella era como intentar arrancarle un diente a un tiburón. Y tampoco me importaba, la verdad; de hecho, en cierto modo era algo que yo respetaba. Pese a su extraño y arcaizante modo de vestir, me parecía evidente que pertenecía a alguna organización militar o paramilitar. El modo tan rápido y eficaz en el que nos había salvado del fracaso más absoluto en FΔ986 era prueba más que suficiente; y además, aun a regañadientes, el Anciano la había tratado con bastante respeto.

Si añadimos a eso la escasa preocupación que había mostrado cuando le comuniqué su desaparición, había que deducir que ahí había algo más que lo que los sentidos percibían.

Incluso si dejamos todo eso a un lado, había visto su expresión con bastante claridad justo antes de desaparecer. Estaba más que desorientada: tenía miedo.

—Búsqueda de personas, nombre: Acacia Jones —le dije al catálogo, que se iluminó de inmediato e hizo un ruidito.

—Búsqueda finalizada. Cuatro trillones, siete billones, nueve mil setecientas cincuenta y ocho coincidencias.

Me quedé mirándolo fijamente, aturdido. ¿Era eso normal? Era la primera vez que hacía una búsqueda por nombre.

—Búsqueda de personas, nombre: Joseph Harker —dije, solo para asegurarme.

—Búsqueda finalizada: Tres mil ochocientas veintitrés coincidencias.

Aquella cifra resultaba bastante más fácil de manejar, teniendo en cuenta que Joseph Harker era un nombre relativamente común; sabía que había muchas versiones diferentes de mí repartidas por todo el Altiverso y además estaba buscando en los censos de los últimos cien años.

Me quedé mirando la máquina unos segundos más.

—Búsqueda de personas, nombre: Acacia Jones. Parámetros: entre catorce y dieciséis años de edad, color del cabello negro, color de ojos violeta.

La máquina volvió a hacer el mismo ruido.

—Búsqueda finalizada: Cuatro trillones, siete billones, treinta y seis millones, seis mil setecientas tres coincidencias.

No era posible. ¿Limitar la búsqueda solo había eliminado a tres mil cincuenta y cinco personas? ¿Todas las Acacia Jones del Altiverso tenían entre catorce y dieciséis años, el pelo negro y los ojos violetas? ¿Y había más de cuatro trillones?

No tenía ni idea de por dónde seguir. Finalmente, desconcertado, pregunté en qué sección estaban los mil primeros registros.

No todos eran de Acacia, pues al menos en la mitad de ellos se especificaba la fecha de nacimiento y también la de muerte. No estaba muy seguro de si debía alegrarme o no, aunque lo cierto es que me facilitó bastante las cosas cuando limité la búsqueda solo a organismos vivos. Por fin, tras casi dos horas pasando páginas, di con una que aportaba algún dato más: un dato de afiliación donde se veían las iniciales VT.

El resto de datos parecían coincidir también. Solo para asegurarme, revisé unas cuantas páginas más. En todas las que coincidían con la Acacia que yo conocía figuraban esas mismas letras.

—Búsqueda de organizaciones, iniciales: VT —le dije al catálogo tras recoger las fichas del censo.

—Búsqueda finalizada: Número incalculable. —Tendría que haberlo visto venir.

Volví a intentar varias búsquedas, la mayoría basadas en los mundos que Acacia Jones había mencionado. Probé a buscar brana por brana, mundo por mundo. Algunas sí arrojaron resultados, pero nada útil. Media hora más tarde, no había conseguido absolutamente nada más que aumentar mi frustración.

Demasiados escenarios... incluso limitándome a los pocos mundos paralelos que tenían conciencia —los que no la tenían tendían a autodestruirse en grandes desgarros o inversiones cosmológicas o, peor aún, en bucles de tiempo de tan solo unos segundos o de varios milenios después de cada big bang, para resetearse y volver a empezar de nuevo—. Incluso sin contar todos los demás mundos, cuyo número me garantizaría a mí y a mis descendientes una buena miopía y fuertes migrañas, no conseguiría resultados ni aunque le dedicara mi vida entera.

Resistiendo el impulso de golpearme la cabeza contra la pantalla y de soltar algunas de las palabras y frases más sustanciosas que había seleccionado de entre el completísimo repertorio de Jai, cerré los ojos y conté hasta diez. Al llegar al cuatro descubrí que estaba hasta las narices de números. Harto. Había demasiados.

Respiré hondo. ¿Cómo se busca algo que existe en todas partes?

—Búsqueda de organizaciones, iniciales: IM.

—Búsqueda finalizada: número incalculable.

Un momento. InterMundo existía en todas partes, ¿no?

—Búsqueda de organizaciones, nombre: Inter-Mundo.

—Búsqueda finalizada: Una correspondencia.

La información apareció en la pantalla, incluyendo el nombre del capitán Joseph Harker y el de los oficiales de mayor rango.

Sentí que estaba a punto de descubrir algo, pero no estaba muy seguro de qué. Quizá estaba persiguiendo un rayo de luna, pero ese razonamiento parecía llevarme a alguna parte. Si estaba buscando algo que podría existir en todas partes...

Bingo.

—Búsqueda de organizaciones, iniciales: VT. Ubicación: Altiverso.

—Búsqueda finalizada: una correspondencia.

La información apareció en la pantalla; y entonces, como en una de esas desesperantes demos que te obligaban a pagar sin poder ver el juego completo, la pantalla se oscureció y apareció un mensaje: SOLO OFICIALES AUTORIZADOS.

Obviamente yo no era un oficial autorizado, ni parecía probable que pudiera conseguir una autorización de ese nivel. Había pasado varias horas buceando en los archivos y, al final, no había conseguido más que una sola palabra.

Una palabra que casi no se veía, medio escondida tras el mensaje de SOLO OFICIALES AUTORIZADOS .

Vigilantes del Tiempo.

«No estoy fisgando —me repetí por enésima vez—, estoy buscando conocimiento.» Esa era una causa muy digna, ¿no? El Anciano siempre dice que debemos aprender todo lo que podamos, porque nunca sabes cuando un detalle puede ser importante.

Seguramente no aceptaría esa excusa si me encontrara registrando su escritorio de esta manera, pero tenía la corazonada de que aquello era realmente importante. Tenía que saberlo.

Tras pasarme unos minutos con la nariz pegada al monitor, intentando averiguar algo más sobre los Vigilantes del Tiempo escudriñando la oscurecida pantalla tras las grandes letras que exigían autorización, había regresado al despacho del Anciano, decidido a preguntarle directamente. O a pedirle la autorización que necesitaba. O a pedirle una autorización temporal para algo que no tuviera nada que ver con aquello y usarla para averiguar algo más sobre los Vigilantes del Tiempo. La última parecía mi mejor opción, pero todos mis planes se fueron al traste cuando Josetta me informó de que el Capitán Harker no estaba en su despacho.

Le dije que esperaría, me hundí en una silla sorprendentemente peluda que había frente a su mesa y me sumí en un frenesí de especulación mientras ella ordenaba tranquilamente unos papeles.

Cuatro trillones, siete billones, treinta y seis millones, nueve mil setecientas cincuenta y ocho coincidencias. La voz del ordenador seguía resonando dentro de mi cabeza: era la misma voz femenina que nos pedía que nos identificáramos en algunas puertas, nos informaba de los cambios en los horarios o de que se avecinaba una distorsión, respondía a las preguntas en la sala de proyección y daba instrucciones en la sala de babor. El hecho de que estuviera acostumbrado a oírla no la hacía menos enloquecedora, especialmente cuando me decía que no tenía la autorización requerida. Esa información podía ayudarme a descubrir dónde había ido Acacia, si estaba bien. Tenía que saberlo.

Al rato, Josetta se levantó para ir al lavabo. Antes de ser consciente siquiera de lo que estaba haciendo, me encontré en el despacho del Anciano abriendo uno de sus cajones. Tenía tarjetas de autorización temporal allí guardadas; antes le había visto darle una a J/O. Eran de un solo uso, pero con eso me bastaría para descubrir qué eran los Vigilantes del Tiempo.

Fichas, lápices, grapas, un montón de referencias sobre cualquier materia que se pueda imaginar, una calculadora que por su aspecto seguramente podría descifrar la teoría de las supercuerdas y explicártela de forma sencilla, dos intercomunicadores portátiles, un arma que probablemente disparaba algo mucho más dañino que las balas... pero ninguna autorización. Ya estaba imaginando mil formas distintas que podría elegir para matarme si me encontrara allí. Quizá se habían ido hacia el fondo del cajón.

Saqué el cajón un poco más, y encontré más libros de referencia, cuadernos de notas y algo que hizo que me detuviera en seco nada más verlo.

Era una foto vieja, arañada y muy sobada; parecía que hubiera sobrevivido a un incendio y a una inundación. Pese a la mala calidad de la foto, las caras eran inconfundibles. Después de todo, uno siempre se reconoce en las fotos, incluso si eres tú con unas décadas más.

El Anciano estaba algo más joven, y aún conservaba sus dos ojos. Llevaba unos vaqueros azules, una camiseta blanca y holgada que seguramente había vivido mejores tiempos y una cazadora del ejército bajo el brazo. Con el otro abrazaba a una chica algo mayor de como yo estaba acostumbrado a verla, cuya maliciosa sonrisa era tan inconfundible como la uña verde llena de circuitos del pulgar extendido que mostraba al fotógrafo.

Acacia Jones con unos diez años más. Y con el Anciano.

Capítulo nueve

No sé cuánto tiempo me habría quedado allí de pie, perplejo, si no hubiera oído activarse el altavoz. Me llevé un susto de muerte al oír la voz del Anciano, pero la lógica me alcanzó a tiempo de asegurarme que si estaba hablando por el altavoz era porque estaba parado, no de camino a su despacho, donde sin duda me pillaría y me mataría.

—A todos los Caminantes de rango inferior: presentaos en la sala de reuniones. Como algunos ya sabéis, las clases han sido suspendidas hoy para llevar a cabo un pequeño ejercicio. Ya podéis consultar el grupo al que habéis sido asignados.

Me quedaban unos escasos y preciosos segundos antes de que terminara de hablar.

Intentando calmar mi desbocado corazón, volví a mirar la fotografía. Eran el Anciano y Acacia, sin duda. Le di la vuelta y me llevé otro susto de muerte antes de dejarla caer de nuevo en el cajón. En la parte posterior no había fecha, ni etiqueta de ningún tipo, solo unas palabras escritas a mano: «Déjala otra vez en su sitio».

—Disculpa —la voz cortante y firme de Josetta vino justo a continuación del anuncio que el Anciano acababa de hacer por megafonía, y me llevé otro susto de muerte. Me sentí profundamente agradecido de ser tan asustadizo; había cerrado el cajón en el mismo instante en que oí la puerta, así que por suerte no me habían pillado con las manos en la masa. Ni siquiera estaba ya detrás del escritorio, sino al lado. Podía salir indemne de esta.

—Lo siento —me disculpé, intentando imitar el tono que usaba cuando mamá me pillaba rondando la lata de las galletas—. Supuse que si estaba cerca de un telecomunicador podría llamar y preguntarle en un momento.

Josetta me miró pensativa, pero vio que no tenía nada en las manos, que tampoco estaban cerca del escritorio, y mi ropa no era tan amplia como para poder esconder nada debajo. Se relajó un poco cuando adopté una expresión contrita, como si acabara de darme cuenta de lo sospechoso que resultaba encontrarme allí.

—Lo siento —volví a decir.

—Será mejor que bajes ya —me dijo sonriendo, y en el mismo tono añadió—: Y no te tomes esto como algo personal.

Se acercó y me registró. Por un momento me alegré de no haber encontrado las tarjetas de autorización.

—No es nada personal —repitió, una vez terminó de registrarme sin haber encontrado nada sospechoso. Asentí con la cabeza y esbocé una sonrisa avergonzada—. Anda, vete.

Salí de allí con el estómago encogido por los nervios. Había sido una estupidez por mi parte; si me hubiera pillado robando una autorización me habría metido en un buen lío. Ya me habían expulsado una vez; estaba seguro de que si volvía a meterme en líos me echarían de allí sin contemplaciones y para siempre.

Y tampoco me marchaba con las manos vacías, al menos no en sentido figurado. El Anciano conocía a Acacia. O a una versión de Acacia un poco mayor que ella. Pero teniendo en cuenta que había cuatro trillones de paraencarnaciones de Acacia en el Altiverso, eso no significaba gran cosa. Así que conocía a una versión de Acacia mayor que ella, o la conocería en el futuro. ¿Pasaría con los Vigilantes lo mismo que en InterMundo, que estaría compuesta por distintas versiones de Acacia? Aquella parecía la explicación más probable, pero ¿por qué había muchas más versiones de ella que de mí? ¿Y por qué no trabajábamos con ellas?

Pese a que ahora sabía que había alguna relación entre el Anciano y Acacia, no estaba muy seguro de hasta qué punto iba a ayudarme eso. ¿Podía preguntarle a él directamente? De ninguna manera podía admitir que había estado hurgando en su escritorio. Podría mentir y decir que había encontrado cierta información relevante en los censos, pero probablemente sabía qué tipo de autorización se requería para acceder a cada cosa.

Seguía cavilando cuando llegué a la sala de reuniones unos minutos más tarde, y el ruido me desorientó por un momento. Me había pasado las últimas horas en la biblioteca sin más compañía que la del ordenador, y de repente me encontraba en una sala llena de cientos de Caminantes que hablaban del noqueo de esa misma mañana y del misterioso Caminante que había rescatado el equipo de Joeb. También oí el nombre de Joaquim por lo menos una docena de veces mientras cruzaba la sala. Iba buscando las blancas alas de Jo, que se distinguían perfectamente entre aquella multitud de paraencarnaciones mías, casi todas pelirrojas.

—Eh —dije según me acercaba, y vi que Jai y J/O estaban también allí—. ¿Te encuentras mejor?

—Todos los sistemas en funcionamiento —dijo J/O.

—Estupendo, me alegro. Pero ¿cómo te encuentras?

Se limitó a mirarme el tiempo suficiente para que el silencio resultara incómodo. ¿Qué estaba pasando? J/O no era todo electrónico, y había respondido a preguntas como aquella en otras ocasiones sin ningún problema.

—Bien —dijo, y entonces me distrajo otra voz que tenía al lado.

—J/O se ha recuperado mucho más rápido de lo que esperábamos —dijo Jai con su característica sonrisa llena de serenidad—. Y los médicos creen que se encuentra en condiciones de participar en el ejercicio.

—Me alegra verte despierto —le dije.

Lo cierto es que aquel repentino encuentro con mi equipo me hacía sentir un poco culpable. Había estado tan concentrado en encontrar a Acacia, buscar en los archivos y el frustrado robo de la tarjeta, que no me había vuelto a acordar de que la última vez que vi a dos de ellos estaban inconscientes en la enfermería.

Jai sonrió de nuevo, y me pareció que iba a decir algo sobre lo idiotas que habíamos sido los dos al no romper la conexión antes de semejante esfuerzo (él habría usado muchas más sílabas), pero toda la sala se quedó en silencio de pronto, y todos sabíamos lo que eso significaba.

El Anciano se había situado frente a nosotros, y con su sola presencia había logrado que se impusiera el silencio, como siempre. El ruido había dado paso a un leve murmullo antes siquiera de que llegara a su sitio, y para cuando se volvió hacia nosotros se podría haber oído caer un alfiler en el planeta más cercano.

—La misión de esta tarde consiste, como muchas de las que ya habéis realizado, en buscar y traer.

Intenté aflojar el nudo que tenía en el estómago. Había llevado a cabo muchas misiones desde aquel desastroso incidente con los Maldecimales a resultas del cual todo mi equipo había sido capturado y a mí me habían expulsado de InterMundo sin tan siquiera un recuerdo, pero me resultaba imposible controlar el miedo cuando oía las palabras «buscar y traer».

—No iréis muy lejos. Este ejercicio tendrá lugar justo debajo de nosotros, en nuestro planeta natal. Ya les hemos entregado a vuestros oficiales lo que denomino «dispositivos de calor-frío»; ellos os dirigirán hacia vuestro objetivo. —Aquello me hizo sentir un poco más tranquilo—. Esta misión consiste en capturar la bandera, y competiréis con los demás equipos. Podéis tratar de sabotear al resto de equipos, y os animamos a que rivalicéis sin enemistaros; pero recordad que, en último término, estamos todos en el mismo bando y cualquier lesión será investigada a fondo. —Hizo una pausa para enfatizar este último punto, mientras hacía un barrido con su ojo biónico—. A continuación podréis ver la distribución de los equipos por orden de salida; enviaremos uno por uno a todos los equipos a sus correspondientes áreas. En cuanto veáis vuestro nombre en la pantalla, dirigíos a la sala de babor. Tendréis una hora desde el aterrizaje hasta que regreséis con la bandera. Buena suerte.

Se giró para marcharse, y entonces me di cuenta de que en realidad no había estado escuchando. Repasando la conversación mentalmente, descubrí que había retenido la información, pero había estado buscando en su severa expresión la misma que tenía en la foto con Acacia. Trataba de encontrar a ese hombre bajo aquella actitud hosca y castrense del Capitán Harker. No fue fácil, pero me pareció reconocerla cuando dijo «buena suerte» en la sutil relajación de su ceño y la tímida curva en la comisura de sus labios. Algo es algo.

—¿Tenéis idea de a quién nos tocará enfrentarnos? —pregunté según nos volvíamos hacia la pantalla, pero Jo se limitó a encogerse de hombros y J/O no hizo ni dijo nada. Empezaba a preguntarme otra vez si tendría algún problema conmigo. Habíamos zanjado nuestra enemistad hace meses, en lo que a mí respectaba, pero él estaba muy distante.

—Imagino que lo sabremos de cierto cuando lo leamos en la pantalla; no tiene mucho sentido hacer conjeturas.

—Eso —dijo Josef según se acercaba. Jakon estaba con él.

Así que volvíamos a estar juntos de nuevo, maltrechos pero en forma.

—¿Qué tal os ha ido con los informes? —pregunté sin perder de vista la pantalla, donde empezaban a aparecer los nombres.

Todos hicieron gestos de aprobación salvo J/O. Y estaba dispuesto a enfadarme por su actitud cuando, de pronto, habló.

—Yo no he tenido que redactar ningún informe, lo han descargado de mi banco de memoria. —Su tono me pareció muy arrogante. Estaba claro que iba a tener que contenerme para no estallar.

—Vaya, bien por ti —comentó Jakon, y me pareció que también estaba un poco mosqueada con su actitud.

Josef me miró.

—Me han dicho que Jernan te ha echado la bronca.

Hice una mueca.

—Sí, estaba bastante cabreado conmigo por haber perdido el disco. —Miré a Jo—. Imagino que no estarás dispuesta a explicarle que solo intentaba salvarte la vida, ¿no?

Jo negó con la cabeza.

—Tendrás que arreglártelas tú solito —contestó, pero sonreía.

—Tanta solidaridad me abruma —le dije a mi equipo.

—Ahí estamos —dijo Josef, señalando la pantalla. Nuestros nombres aparecían en una columna y, al lado, los nombres de nuestros seis oponentes. Me puse de puntillas; era el equipo de Jerzy. El espabilado chico pájaro había sido una de las primeras personas con las que había trabado amistad allí, antes de que nos asignaran a un equipo de manera oficial.

—Vamos contra Joliette. —Jakon miró a Jo, que parecía molesta. Joliette, si bien no era una auténtica vampira, era lo más parecido a una que habíamos visto la mayoría de nosotros. Tenía colmillos afilados y la piel muy pálida, y aunque no iba por ahí mordiendo a la gente en el cuello ni sentía aversión por las cruces, la sangre constituía buena parte de su dieta. Dado que los vampiros existían realmente en el mundo de Jo, había entre ella y Joliette una amistosa rivalidad. A los demás nos divertía aquella dicotomía: las blancas alas de Jo la asemejaban a un ángel, mientras que el personaje de Joliette era más bien oscuro, y nos gustaba azuzar a la una contra la otra siempre que se presentaba la ocasión.

—Y Jenoh —replicó Jo.

Jakon enseñó sus dientes con excitación. Jenoh tenía más de gato que de lobo, pero ambos mantenían una amistosa rivalidad también. Me pregunté si el Anciano había elegido adrede a nuestros oponentes; conociéndole, no me extrañaría nada.

Volví a mirar a la pantalla. Éramos nosotros contra Jerzy, Joliette, Jaya, Jenoh, Jorensen y...

—Esta tarde seremos rivales. —Joaquim esbozó una sonrisa mientras se alejaba acompañado de Joliette—. ¿Hay algo en particular que deba saber sobre este ejercicio?

—Vas a perder —le dije en tono burlón.

—Ya lo veremos —replicó Joliette antes de que Joaquim pudiera decir nada—. Eh, Jo, ¿qué tal tu ala?

—Bien, pero no puedo volar y aún me duele.

—Entonces estamos a la par, supongo.

Miré a Jo. Pese a sus ágiles réplicas, parecía... abatida. Iba un poco baja de tono, sus alas estaban mustias y estaba algo más pálida que de costumbre. Estuve preocupado como medio segundo, y luego me di cuenta de que no la habrían dejado salir de la enfermería si no estuviera en condiciones de participar en eso. Y hablando de participar...

—¿Te envían fuera ya? —le pregunté a Joaquim—. Yo estuve varias semanas entrenando antes de que me dejaran salir de la Base.

—Estuve sentado en aquella habitación durante horas antes de que llegarais vosotros. Tuve tiempo para acostumbrarme a todo esto y, créeme, prefiero estar aquí que allí. Deseo empezar cuanto antes —explicó, y parecía incómodo pero resuelto—. Quiero empezar a ayudar.

—Conozco esa sensación —dijo Jerzy, que había logrado abrirse paso entre la multitud y se había puesto a nuestro lado—. Estaba deseando emprender mi primera misión cuando me seleccionaron para formar parte de InterMundo.

Jorensen saludó a Jai con la cabeza, y este le devolvió el saludo. Eran los dos Caminantes de rango superior en esta misión, lo cual no dejaba de ser irónico: Jorensen era un tipo taciturno, todo lo contrario que Jai.

—¿Dónde está Tono?

Me giré y vi a Jenoh, que me sonreía de una forma tan dulce como salvaje. Pese a que la mayoría de los Caminantes miraban a Tono con suspicacia o inquietud, algunos habían llegado a trabar amistad con él. Jenoh era uno de ellos, aunque yo sospechaba que su simpatía tenía más que ver con su naturaleza gatuna y con el hecho de que Tono pareciera un ovillo de lana.

—No lo sé —respondió—. Se pasa la vida apareciendo y desapareciendo. No lo he visto desde anoche.

Jenoh hizo un mohín y un evasivo ruido de aceptación. Casi habíamos llegado a la sala de babor, y seguían uniéndose a nosotros más miembros del equipo de Jorensen. Al cabo de unos minutos solo faltaba Jaya, que apareció justo cuando llegábamos a la puerta.

—Eh —la saludé. Ella me sonrió con dulzura, llevaba suelta su ondulada melena de color rojo dorado.

—Eh, Joey. —Su voz se parecía mucho a la mía, como la de todos, pero era mucho más melódica; hablaba con tal dulzura que ni siquiera me importó que me llamara Joey.

—¿Están todos, Jorensen? —El oficial asintió, y con un gesto indicó a su equipo que se colocaran a un lado, junto a una de las puertas.

Salieron de inmediato, en cuanto hubo salido el equipo anterior.

—Avanzad en fila de a uno —dijo la voz de la nave—. Y caminad con cuidado.

—Os daremos algo de ventaja —les dije, lo que me valió un bufido de Jerzy y una mirada llena de gratitud por parte de Joaquim, que aún no se había dado cuenta de que era una broma.

—No la necesitamos —dijo Jorensen con su voz profunda y franca. Me alegré de no ser el único que hiciera bromas.

El equipo de Jorensen avanzó, en fila de a uno, y después íbamos nosotros.

—Preparaos, chicos —le dije a mi equipo—. Una vez que estemos ahí afuera, todo es posible.

Asintieron, y salí.

Utilizar un teletransportador es un poco como cuando calculas mal los escalones que te quedan por bajar. Echas el pie con la intención de bajar otro escalón, pero das con el suelo antes de lo esperado. Da igual que vayas con cuidado, sientes como un calambre que te sube por la pierna, y a veces hasta te castañetean los dientes. Y lo más desesperante es que nunca estás del todo seguro de dónde pones el pie, porque no puedes ver el suelo.

Esta vez el calambre no fue tan malo, pero solo porque metí el pie en un charco de unos ocho centímetros de profundidad. Habíamos aterrizado en medio de una verde jungla, y parecía como si acabara de caer un chaparrón.

—Barro —les advertí mientras me giraba hacia los demás, que iban apareciendo unos pasos detrás de mí—. Muy bien, Jai. ¿Hacia dónde vamos?

—¡Al suelo! —gritó, y obedecí de inmediato. Cuando Jai usa solo tres sílabas, la cosa es grave. Algo se precipitó sobre mi cabeza, y según me tiraba al suelo, poniéndome perdido de barro, me di cuenta de que era Jenoh. Ahora era yo el que gritaba.

—¿Se puede saber qué haces?

—Podemos sabotear a nuestros oponentes, ¿ya no te acuerdas? —respondió con dulzura, mientras volvía a ponerse en posición de salto. Ella y Jakon se pusieron en guardia, y la chica lobo empezó a rugir.

Miré a Jai, que señaló con la cabeza hacia mi izquierda. Muy bien, pues hacia la izquierda. Establecí contacto visual con todo mi equipo, salvo Jakon, y nos pusimos en marcha antes de que Jenoh intentara detenernos de nuevo. Corrimos entre los árboles, metiéndonos en algún que otro charco, y los gruñidos de Jenoh y Jakon, que en realidad solo estaban jugando, fueron quedando atrás.

—J/O, haz un escaneo a ver dónde están los demás. —Casi esperaba que protestara o que me ignorara, pero el chico biónico asintió y escaneó el entorno con sus cibernéticos ojos.

—Joliette va delante, unos veinte metros al nordeste.

—Jo, ¿quieres ir a por ella?

La chica alada asintió y se separó del grupo para cambiar de ángulo. Me hubiera apostado lo que fuera a que lo habría dejado pasar si Joliette no hubiera hecho aquel comentario sobre su ala.

—¿A qué distancia estamos de la bandera, Jai?

—El dispositivo no indica la distancia exacta.

—¿Y la dirección?

—Afirmativo.

Entorné los ojos para mirar a lo lejos. A través de los árboles podía ver el cielo, las nubes y un destello de algo que podría ser un lago o una simple ilusión óptica, y la cima de lo que parecía una altísima montaña.

—Seguro que está allí —dije, según nos deteníamos cerca de donde se acababan los árboles. Jai miró también.

—Puede que tengas razón.

—¡Ahí está Jerzy! —señaló Josef. A unos cien metros, las rojas plumas de Jerzy se distinguían perfectamente entre la frondosa hierba.

—Me encanta la cabeza de ese chico —dije, y a Jai le hizo gracia el comentario.

—Resulta muy fácil de ubicar en medio de este paisaje —apuntó.

—Vamos —dijo Josef, impaciente, pero yo lo frené.

—Estoy seguro de que tienen algo planeado. Si vamos hacia allá corriendo nos tenderán una emboscada. Jai, ¿me dejas el localizador?

Me pasó el dispositivo, parecía sentir curiosidad.

124

—¿Puedes hacer ese truco de volvernos invisibles cuando salgamos a cielo abierto? —le pregunté. Vaciló un momento, luego asintió. Sabía que resultaba difícil de hacer con objetivos en movimiento, pero solo éramos tres—. No hace falta que lo mantengas mucho tiempo. Basta con que nos des una pequeña ventaja para llegar a la montaña.

El disquito estaba caliente; estaba casi seguro de que nuestro objetivo estaba en aquella montaña.

Jai respiró hondo, cerró los ojos e hizo una señal.

—Adelante.

Salimos corriendo de entre los árboles Josef, J/O y yo, a toda velocidad hacia la falda de la montaña. Sentí un hormigueo en la nuca, esperaba que algo me atacara en cualquier momento, pero era un efecto de la adrenalina, como cuando eras pequeño y jugabas al escondite.

Un impulso de energía impactó contra el suelo a escasos metros de donde estábamos; alguien estaba usando una pistola láser. Estábamos a cielo abierto en mitad de la llanura; allí no había dónde esconderse, lo que probablemente significaba que ellos también usaban un escudo de invisibilidad. Me maldije por no haber pillado unos cuantos artilugios útiles antes de salir, pero recordé que Jernan, el intendente, seguía enfadado conmigo y seguramente no me hubiera dejado cogerlos. En cierto modo, eso hizo que no me sintiera tan mal ante mi falta de previsión.

Jorensen se materializó un segundo después, lo que significaba que Jai lo había descubierto y se había cargado su escudo de invisibilidad, lo que también implicaba que había anulado el nuestro. Todavía podía ver a Jerzy corriendo hacia la montaña, pero a Joaquim y a Jaya no los veía por ninguna parte.

—J/O, ¿percibes algo?

—Jakon ha capturado a Jo, y Joliette ya está de regreso.

—Eso está muy bien, pero ¿percibes algo ahí arriba?

Se concentró en el terreno que teníamos delante mientras corríamos. Ni siquiera sabía por qué se había molestado en mirar hacia atrás.

Jakon debía de haber vencido a Jenoh, pero ¿Joliette estaba ya de vuelta? Jo no solía perder contra ella; llevaba más tiempo en InterMundo y solía ser más rápida en combate. Pero lo cierto es que no parecía muy en forma. Me pregunté si le estarían dando algún analgésico para su ala.

—No —respondió J/O, y si no hubiera estado intentando ahorrar energías podría haberle dicho que no le iba a pasar nada por ser un poquito más útil.

Casi habíamos llegado ya a las rocas, pero había perdido de vista a Jerzy. Resultaba más difícil distinguirlo entre las rocas marrones, sobre todo porque el sol se ponía a nuestra espalda y lo teñía todo de una luz roja. El disco que llevaba en la mano seguía caliente y vibrando a impulsos regulares; decididamente, nos estábamos acercando.

—No lo han puesto muy difícil —les comenté según llegábamos al pie de la montaña.

—Creo que el verdadero desafío es llegar hasta allí —gruñó Josef. J/O no dijo nada.

Me quedé de pie, de espaldas a Josef, atento por si veía a Jerzy, Joaquim o Jaya. O a Joliette, puesto que no sabía cuánto tardaría en llegar hasta donde estábamos.

—Bueno, al menos sabemos que ninguno de ellos puede volar.

—Tampoco nosotros, Jo tiene un ala herida.

—Sí —dije, y entonces se me ocurrió una idea—. Jai puede planear. Si se hace más ligero, ¿podrías lanzarlo?

Josef asintió.

—Eso nos daría cierta ventaja. Y Jakon también sabe escalar. Lánzalos a ella y a Jai cuando lleguen. Tan alto como puedas. J/O y yo empezaremos a escalar.

Josef volvió a asentir con la cabeza, y parecía encantado de no tener que escalar la montaña. Era un tipo grande y pesaba mucho, y seguro que no le seducía demasiado la idea de tener que descubrir por las bravas qué rocas estaban sueltas.

—¡Venga, J/O! —exclamé, intentando animar la cosa, pero seguí encontrándome con un muro donde antes había habido una persona. Me pregunté otra vez si estaría enfadado conmigo.

—Venga tú —replicó—. Sabes muy bien que yo escalo más rápido.

Aquello se parecía más a su actitud de siempre,

competitiva, pero seguía teniendo la sensación de que le pasaba algo.

—Eh, ¿te pasa algo? —le pregunté en cuanto estuve lo bastante cerca de Josef como para que me oyera. Había una especie de sendero que recorría el primer tramo de la montaña, pero a partir de ahí había que escalar por las rocas hasta unas plataformas naturales que se iban haciendo cada vez más pequeñas y escarpadas a medida que te acercabas a la cumbre.

—No. —J/O me miró de forma extraña, de soslayo—. ¿Por qué me iba a pasar nada?

No tuve ocasión de responder, pues giró bruscamente la cabeza para mirar hacia la montaña.

—Jaya va en cabeza —me informó.

—Ah. ¿Por qué no vas tú primero? Eres inmune a sus cantos de sirena, ¿no? —J/O asintió, y continuó escalando sin volver a abrir la boca.

Esperé hasta oír la voz de Jaya, que cantaba los primeros acordes de la canción más bonita que he escuchado jamás —pasaba lo mismo con cualquier cosa que ella cantara— y luego se calló. Estaba lo suficientemente lejos como para que no me afectara demasiado, pero aun así lamenté que parara.

Reanudé la escalada, sintiendo que el disco que llevaba en el bolsillo vibraba con más fuerza. Todavía estaba lejos de la cumbre, pero parecía que había varias cuevas un poco más abajo. Quizá la bandera estuviera escondida en una de esas cuevas y no en la cumbre misma.

Medité unos segundos; no quería delatar mi posición, pero J/O había neutralizado a Jaya —no estaba muy seguro de cómo, pero era evidente que había dejado de cantar—, y él no sabía dónde estaba la bandera.

—¿J/O? —lo llamé. Silencio.

Me subí a una roca plana y grande. No me equivo-caba: había una pequeña cueva, no mucho más grande que yo, entre dos rocas. Desde donde me encontraba podía ver que estaba vacía, pero había un sendero que la rodeaba por el lado derecho y pensé que quizá podría subir por allí. Seguí avanzando, y el instinto me dijo que me agachara. La pierna de Jerzy, que salió de im-proviso desde detrás de una roca, pasó silbando por en-cima de mi cabeza.

—Sí que has tardado. —Las plumas de su cabello se irguieron mientras adoptaba una posición defensiva.

—Ya te dije que os daríamos ventaja —repliqué lanzando un puñetazo. Jerzy se agachó con agilidad y se puso a bailar en semicírculo.

Me balanceé sobre los talones, sintiendo fluir la adrenalina por todo mi cuerpo. Siempre me ha gustado pelear con Jerzy; es ligero y rápido, más o menos del mismo tamaño que yo, y nunca le falta una réplica in-geniosa a punto para cada golpe. No se lo toma como algo personal, simplemente le gusta poner a prueba su fuerza y su habilidad.

—¿Has mandado al nuevo a coger la bandera en tu lugar? —le chinché, agachándome para esquivar otra patada y abalanzándome sobre él para derribarlo.

—Ha sido idea suya. —Jerzy saltó con agilidad, y aterrizó a mi izquierda—. Está impaciente por demostrar lo que vale porque tuvisteis que rescatarlo, creo. Me re-cuerda a alguien...

—Eh, que yo también participé en el rescate al final —esquivé, bloqueé, golpeé, esquivé y volví a bloquear cuando Jerzy me obligó a defenderme, y finalmente me agaché al sentir la piedra contra mi espalda.

—Después de que te echaran —me chinchó.

No me importaba, más que nada porque en ese momento me apunté un tanto: un puñetazo en plena mandíbula. Jerzy meneó la cabeza y se echó a reír, poniéndome una rodilla en el costado. Pegábamos con cuidado, pero aun así dolía. Me eché a reír y me aparté rodando.

—Sí, y me readmitieron en menos de una semana. Yo ya habría cogido la bandera; es lento.

Jerzy siguió bailando y alzó la vista hacia la montaña. No me aproveché de la ventaja; frunció levemente el ceño al oír mi comentario y bajó un poco la guardia.

—De hecho, te creo. ¡Eh, Joaquim! —gritó, haciendo bocina con las manos alrededor de su boca—. ¡Date prisa! ¡Ya vienen!

Me giré para mirar por encima de mi hombro; Jerzy estaba en un punto algo más alto, y había visto llegar a mi equipo antes que yo. Joliette subía por el mismo sitio por donde había subido yo, Jo iba un poco por detrás de ella, y Jai avanzaba hacia la montaña entre las perturbaciones producidas por la pistola eléctrica de Jorensen. Josef me hizo señas con la mano, y a continuación lanzó a Jakon con una sola mano, con la otra sujetaba por la parte de atrás de la camisa a Jenoh, que forcejeaba y se resistía.

—Ya está aquí mi equipo —le dije a Jerzy.

Se volvió a mirarme, con el ceño todavía fruncido. Abrió la boca… y algo explotó.

Ambos alzamos la vista al mismo tiempo, y entonces oímos otra explosión, y otra; una sucesión de pequeños estallidos que parecían fuegos artificiales. En total hubo seis o siete, pero justo después se produjo un estruendo y comenzaron a llover piedras y polvo.

—¿Qué es…? —dije, pero ni yo mismo podía oír mi voz con el estrépito de las piedras. Alcé la vista para mirar la nube de polvo y tierra, y me quedé allí pensando como si aquello le estuviera sucediendo a otra persona. «Avalancha. Y no hay dónde cobijarse. La falda de la montaña no va a protegernos, y hemos llegado demasiado alto para saltar. Esas rocas son inmensas...»

Jerzy fue el primero en moverse, se abalanzó sobre mí y tiró de mí para llevarme hasta el borde. Saltar era nuestra única opción...

«La cueva.» Clavé los pies en el suelo y tiré del brazo de Jerzy. Un peñasco del tamaño del coche de mi padre se estrelló contra la roca en la que habíamos estado un segundo antes, partiéndola en dos. Fui dando traspiés hacia un lado, y Jerzy se soltó de mí. No veía nada; el polvo que flotaba en el aire era tan espeso que no podía ni respirar, pero me obligué a mantener los ojos abiertos para ver si lo localizaba y podía llevarlo hasta la cueva.

Otra roca cayó justo a mi lado, haciéndome un corte en el hombro. Me dolía una barbaridad, y retrocedí como pude; justo a tiempo, pues otra roca fue a caer exactamente donde estaba. Seguí retrocediendo, dejándome guiar por el instinto, ya que cada vez estaba más oscuro: la avalancha había bloqueado el sol literalmente.

Ya no podía ni sostenerme en pie, pero seguí retrocediendo a toda prisa hasta que mi espalda topó con la roca y, a tientas, busqué la entrada de la cueva. Me arrastré hacia el interior, rezando para que Jerzy estuviera ya allí.

Pero no estaba. Entonces oí un estruendo ensordecedor justo a mi lado, sentí una fuerte sacudida, y me caí.

Y

Recuerdo haber oído voces poco después, pero no pude reconocerlas. Recuerdo haberme visto envuelto en la más absoluta oscuridad, y haber visto cómo empezaba a disiparse, como cuando tienes los ojos cerrados y se enciende una luz. Recuerdo haberme sentido mal, como cuando te duermes en un lugar extraño y al despertar no sabes dónde estás.

Me pareció oír a alguien llorar, y sentí una mano que me agarraba por la muñeca. Oí a alguien dar órdenes sin sentido, era una voz fuerte que se parecía a la de mi padre, y alguien me hacía preguntas.

No podía respirar, no veía nada, y creo que intentaba decir algo pero no sé si tenía algún sentido. Tenía que decirles que Jerzy no había logrado llegar hasta la bandera. Tenía que decirles que habría ganado él si yo no hubiera tirado de él hacia la cueva. Tenía que decirles lo que había visto antes de que cayeran las piedras, pero no sabía si lo recordaba bien.

—…paralítico —decía alguien—, pero no es probable… Varios huesos rotos, contusiones múltiples, y trece puntos, pero estable.

—¿Y este?

—Clavícula rota y mandíbula dislocada, y un esguince de muñeca.

—Este. —La voz era neutra y metódica. Ya no parecía la de mi padre.

—Fractura abierta del radio, tres dedos rotos, once puntos y una torcedura de tobillo.

Oí pasos que cruzaban la sala, y de nuevo la misma voz.

—¿Y él? —La voz sonaba amortiguada, como si la persona que hablaba estuviera de espaldas a mí.

—Hematomas. Deshidratación y agotamiento. Se desmayó porque empleó mucha energía en crear un escudo para todos.

El olor de aquel sitio me resultaba familiar. Era un olor fuerte y penetrante pero tranquilizador. Olía a medicina... Estaba en la enfermería.

—Este de aquí.

—Fractura proximal del húmero, contusión en las costillas, ha inhalado polvo. La cueva lo protegió de la peor parte.

Tenía que ser yo. Intenté moverme, avisar de que estaba despierto y ver cómo estaban los demás, pero mi cuerpo no respondía a las órdenes de mi cerebro.

—No hay uno solo que haya salido indemne, pero solo hemos tenido una baja.

—Una baja ya es demasiado —dijo bruscamente la voz que parecía más vieja, y dejé de intentar moverme.

Las palabras resonaron en mi cabeza con una fuerza muy superior a la de cualquier cosa que haya oído en mi vida, y teniendo en cuenta que había sobrevivido a un desprendimiento, eso era mucho decir. Una baja. Logré abrir los ojos, pero volví a cerrarlos con fuerza. Me escocían mucho, y los párpados parecían de lija, pero seguí parpadeando para intentar despejar mi vista. Quise frotármelos con la mano, y el dolor hizo que se me saltaran las lágrimas. Aunque dolían, las lágrimas me hicieron bien, y tras parpadear unas cuantas veces más vi por fin la blanca sala y las camas que tenía enfrente y a los lados.

Como la última vez, Jai estaba enfrente de mí y Jo a mi lado, ambos dormidos o inconscientes. Jorensen estaba al otro lado, y la enorme silueta de la cama de al lado de Jai solo podía ser Josef. Cabello pelirrojo dorado sobre la almohada: Jaya.

Reuní toda la fuerza que pude para echar un vistazo alrededor, e identifiqué a todos los que pude. Veía el oscuro cabello de Joaquim en una cama que estaba cerca de la puerta. J/O parecía indemne, desconectado, y sentado en una silla.

Traté de incorporarme, haciendo caso omiso de las voces que me decían que me estuviera quieto y seguí mirando. Vi la punta de la cola de Jenoh y la pálida piel de Joliette, una de las garras peludas de Jakon con astillas en tres de sus dedos, pero lo que no veía por ninguna parte en la blanquísima sala eran las rojas plumas del cabello de Jerzy.

Capítulo diez

*E*l funeral fue muy parecido al de Jay, solo que esta vez lo vi desde la primera fila y no por la ventana de la enfermería. Estaba entre Jo y Josef, los dos únicos miembros de mi equipo, aparte de mí, que podían tenerse en pie. Jai seguía inconsciente, la menor de las lesiones de Jakon era un tobillo torcido, y J/O seguía desconectado. Había estado lo bastante cerca de las explosiones como para que se le frieran algunos circuitos. Pero sobreviviría, de eso estaban seguros. Lo que no sabían es si volvería a funcionar como antes.

El Anciano estaba sobre una tarima delante de un ataúd, explicando cómo había sido la incorporación de Jerzy a InterMundo. Contó una anécdota de cómo el entusiasmo que había mostrado Jerzy en el entrenamiento había hecho que acabara encerrado en la Zona de Emergencia una noche entera, y algunos reímos. Jo estaba llorando. Yo también.

Cuando murió Jay me pregunté adónde habría ido su cuerpo después de morir. El ataúd había brillado y se había desvanecido, sin más. En unos minutos, le pasaría lo mismo a Jerzy. Deseé poder ver una vez más sus rojas plumas, pero el ataúd estaba cerrado. Había quedado enterrado por la avalancha y una de las rocas le había aplastado el pecho, y el Anciano no había querido que ninguno de nosotros lo viera de ese modo. Cuando nos lo dijo, busqué de nuevo aquella expresión que tenía en la foto con Acacia. Pero esta vez no logré verla. Aquel hombre había sido feliz. El que tenía ahora delante parecía muy cansado.

Ahora entendía lo de las voces. Fue lo primero que vi en el funeral de Jay, desde la enfermería; cuando se esfumó el ataúd, quinientas personas unieron sus voces en un solo grito, un último hurra. No lo había entendido entonces, pero ahora, por mucho que me pitaran los oídos, por mucho que me escocieran la garganta y los ojos, comprendí aquel sonido según salía de mi garganta. Sin articular ninguna palabra, estaba gritando: *¡Cuidado!*, y *Por aquí hay una cueva*. Estaba gritando: *Perdóname*. Estaba diciéndole adiós. Todos nos despedíamos.

135

Comenzó a sonar la música y todos nos pusimos en pie mientras el ataúd desaparecía. Algunos lloramos. Algunos nos abrazamos. Yo quería coger la mano de Jo, pero tenía el brazo en cabestrillo y el hombro me estaba matando, y necesitaba la otra mano para enjugarme las lágrimas y poder ver. De todos modos, no estaba seguro de que a ella le gustara. Después de todo, era muy probable que yo fuera el culpable de la muerte de Jerzy. Había revisado mentalmente la escena una y otra vez mientas me recuperaba en la enfermería después del funeral. La veía en sueños, y recordé todo cuanto pude cuando me preguntaron. Jerzy había tirado de mí hasta el precipicio para intentar saltar. Yo había recordado la cueva y había tirado de él para llevarlo hasta allí. Una roca me hirió en el hombro y entonces se soltó de mi mano. Ya no había vuelto a verlo. ¿Había intentado llamarle? No podía recordarlo. Quizá si hubiera gritado, habría podido encontrarme. Quizá habría podido llegar a la cueva.

Las clases seguían el programa habitual ese día; que hubiera muerto un Caminante no significaba que pudiéramos tomarnos un respiro. Significaba que teníamos que trabajar con más ahínco. Significaba que las cosas se habían puesto más feas para nosotros. Significaba que contábamos con uno menos para combatir a los Maldecimales y a los Binarios. Significaba que teníamos que ser todos una piña.

Salvo yo, por lo visto.

—Joey Harker.

—Señor. —Mi voz sonaba plana y desganada. Estaba cansado; no había podido dormir desde la noche posterior al funeral de Jerzy. No dejaba de soñar que caía hacia mí, y que si lograba cogerle, podría decirle a todo el mundo que no estaba muerto.

—Tus heridas deberían curarse en unas semanas, tres a lo sumo. Si tomas vitaminas a diario y evitas cansarte demasiado, deberías estar en condiciones de volver a entrenar en dos semanas, incluso una. Ve a ver a los médicos todas las noches. ¿Entendido?

—Sí, señor.

—Te han diagnosticado trastorno por estrés postraumático. ¿Entiendes lo que eso significa?

—Sí, señor.

—Quedas dispensado de las clases hasta nuevo aviso. Te van a inyectar un marcador por tu propia seguridad. Te he concertado unas sesiones de psicoterapia.

—Sí, señor.

Tenía la mente embotada. No sabía qué otra cosa decir; únicamente me alegraba de que no fueran a matarme. O peor: a quitarme mis recuerdos y darme la patada. Después de todo, sabía perfectamente lo que el Anciano no decía: había estado presente ya en la muerte de dos Caminantes. Ya me habían dado una oportunidad; no podían darme otra. No me habían expulsado porque tenía TEPT, estaba a prueba. Un solo paso en falso, y me echarían tan rápido que me daría vueltas la cabeza, y eso suponiendo que para entonces siguiera unida a mis hombros.

Por más que las clases siguieran su curso, la depresión flotaba sobre Ciudad Base como si fuera niebla, como algo tangible y opresivo. Los Caminantes que me cruzaba por los pasillos no me miraban a los ojos, y la mayoría se echaba a un lado para dejarme pasar. Todo el mundo andaba con los hombros caídos; todos caminaban con la cabeza gacha y arrastrando los pies, con aspecto cansado y disgustado.

Mi cabestrillo era al mismo tiempo una marca de honor y de vergüenza; todo el mundo sabía que yo había estado allí. Sabían que había salido herido de un accidente que había matado a un Caminante. Lo que no sabían era que cada vez que alguien se hacía a un lado para dejarme pasar primero, cada vez que alguien me saludaba con la cabeza al pasar, me odiaba un poco más.

No había podido salvarlo. Estaba allí mismo, y había muerto intentando ayudarme. ¿Cuántos Caminantes más habrían de morir por mi culpa?

Era como la primera vez que volví a Ciudad Base tras la muerte de Jay, pero peor. Entonces eran quinientas personas a las que no conocía las que me odiaban y me evitaban. Ahora eran quinientos camaradas los que me miraban con recelo.

No había llegado tan lejos como para llamarlos amigos a todos. Aún no conocía a muchos de ellos, al menos no en persona. Convivir con quinientas personas cuyos nombres empezaban también por J hacía que resultara un poco difícil llegar a conocerlos a todos, pero por lo menos había empezado a encajar allí. Era un recluta más, salvo por mi amistad con Tono.

Ahora, los que murmuraban bajaban aún más el volumen cuando entraba en la cantina. Intentaba no pensar en ello, me limitaba a entrar en la cafetería y coger una bandeja, pero tenía la sensación de que todos me miraban. Me senté a una mesa vacía, sin saber siquiera si me apetecía que alguien se sentara a mi lado. Sentía un cosquilleo en la nuca, igual que el que había sentido durante el ejercicio, pero sin la euforia. Me sentía como un ratón encerrado dentro de un bote. Echaba de menos a Jerzy, y seguía preocupado por Acacia y por todos los que habían resultado heridos por la avalancha. J/O seguía desconectado y Jai aún no había despertado, y parecía que Jorensen no volvería a caminar.

Alguien dejó caer una bandeja enfrente de mí, y al mirar vi que era Joaquim. Tenía un lado de la cara lleno de rasguños y abrasiones, y parecía tan cansado como yo.

—Eh —le saludé, intentando que mi voz sonara como siempre.

—Eh —me respondió, y estuvimos un rato sin decir nada, y sin probar bocado—. ¿Cómo estás?

—He tenido días mejores.

Echó un vistazo a mi brazo.

—¿Te duele?

—Sí. —No tenía hambre, pero intenté comer igual. Al cabo de unos instantes Joaquim hizo lo mismo.

—¿Tú estás bien? —le pregunté.

—Claro. Yo… No. No. —Miró la comida que había

pinchado con el tenedor, y lo dejó sobre el plato—.
¿Siempre es así?

Vacilé. No sabía cómo contestar a eso. No, no siempre era así, pero... cuando sucedía algo como aquello, siempre era así de malo. Siempre resultaba muy duro.

—Perder a alguien nunca es fácil —contesté por fin.

—Lo siento —dijo—. ¿Todos los demás se pondrán bien?

—Sí. Seguramente. Jai y J/O siguen inconscientes.

Asintió con la cabeza.

—¿Y Jorensen? Estaba al pie de la montaña cuando sucedió, ¿no?

—Sí. Lanzó a Jenoh dentro del escudo de Jai, pero él no pudo alcanzarlo. No tiene más que unos cuantos huesos rotos y algunos puntos. Tiene una rodilla bastante fastidiada.

—Vi a Jo volar cuando me caí. ¿Logró evitar lo peor?

—Se volvió a herir el ala intentando deslizarse, pero supongo que habría sido aún peor de no haberlo hecho. ¿Has sabido algo más de Jaya?

Seguimos dándole vueltas y más vueltas, interesándonos por todos los que habían resultado heridos, intercambiando historias. Joaquim estaba en la cima de la montaña cuando comenzó la avalancha, me dijo. Activó su disco escudo y saltó. Preguntó por todos los que continuaban en la enfermería, y me sorprendió que conociera los nombres de todos, ya que acababa de conocernos. Daba la impresión de que se esforzaba por conocer a todo el mundo, por integrarse. Yo no me había esforzado ni la mitad que él cuando llegué... pero de todos modos, me habían condenado al ostracismo de inmediato.

—No tendría que ser así —dijo de repente, y hubo algo en su forma de decirlo, la convicción que denotaba, que me dio que pensar.

—¿Cómo?

—Así… No deberíamos luchar.

—No —repliqué—, pero lo hacemos. Si no lucháramos, los Binarios y los Maldecimales se adueñarían de todo. Lo destruirían, convertirían el Altiverso en lo que ellos quisieran.

—Un sueño de plata —dijo jugueteando con su tenedor. Quería preguntarle qué había querido decir con eso, pero continuó hablando antes de que pudiera hacerlo—. Joey… sabes que mucha gente te culpa, ¿verdad?

—Yo me culpo —respondí con sinceridad, y él meneó la cabeza.

—No deberías. No fue culpa tuya. Yo estaba allí, y sé que no fue culpa tuya. Pero… la gente es muy suspicaz. —Vaciló un momento, sin dejar de juguetear con el tenedor—. He oído hablar a algunos oficiales… Están investigando si hubo juego sucio.

Me quedé quieto, tratando de asimilarlo. Tenía sentido, claro que sí: ¿cómo no se me había ocurrido pensarlo? Las explosiones que oí justo antes de que comenzara el desprendimiento… No eran disparos, y aunque lo fueran, las descargas de una pistola aturdidora no sonaban así. El Anciano había advertido de que todas las heridas serían investigadas a fondo. Y había habido muchas, por eso estaban investigando. ¿Qué iban a descubrir? Que Joey Harker había peleado con Jerzy antes de que muriera. Que Joey Harker ya había vendido a su equipo una vez. Que Joey Harker se había salvado y había dejado que otro camarada muriera.

A mí también habían tenido que rescatarme de la avalancha, y probablemente esa fuera la única razón de que no me trataran con suspicacia abiertamente, pero Joaquim tenía razón. La gente era muy suspicaz. El cabestrillo que sujetaba mi brazo y protegía mi hombro roto era como mi tarjeta de «queda libre de la cárcel», solo que aún no se me permitía pasar por la casilla de salida y cobrar el dinero correspondiente.

No recuerdo haber salido de la cantina, ni haber regresado a mi camarote. De repente me encontré sentado en mi cama, con un dolor insoportable en el hombro, y el pañuelo blanco que sujetaba mi brazo contra mi pecho salpicado de lágrimas. Tono me rondaba con expresión triste.

—Jerzy fue mi primer amigo aquí, aparte de ti —le dije.

Tono se balanceó con tristeza y adoptó un depresivo gris azulado. Me quedé allí sentado un rato más, hasta que se me ocurrió una idea y una chispa de esperanza se iluminó en mi pecho. Si Tono había estado allí, quizá había visto lo que pasó. A lo mejor él podía demostrarle al Anciano que había sido un accidente, que yo no había tenido la culpa.

—¿Lo viste, Tono? ¿Andabas por allí?

El fóvim parpadeó, lo que podría interpretarse como un encogimiento de hombros, y el color subió hasta lo alto de su esfera para luego difuminarse hacia abajo. Sentí que sucedía lo mismo con la chispa de esperanza que había surgido dentro de mí.

—¿Dónde estabas? —pregunté sin gran interés, ya que en realidad no esperaba que respondiera. O pensando que daría igual lo que respondiera. ¿Por qué las cosas tienen que salirme siempre mal?

La mitad inferior de Tono se volvió de color marrón

rojizo, y la mitad superior de muchos colores distintos, girando y mezclándose unos con otros.

No entendía lo que intentaba decirme y suspiré.

—Vale —dije, y apoyé la cabeza en la mano. No estaba cansado, pero quería estarlo. Quería dormir hasta que todo volviera a la normalidad.

Aquella idea me hizo reír. Recordé la época en que lo normal era ir al colegio y volver a casa y hacer los deberes, tratar de saltarme el ensayo con el coro, pelearme con mi hermana para elegir el canal de la tele. Recordé, con una nostalgia tan fuerte que dolía, la imagen de la mesa puesta para la cena, y el lugar donde se sentaba cada uno. Recordé la época en que lo normal era pedirles a papá y a mamá que nos dejaran cenar viendo la tele en lugar de sentados a la mesa, y jugar con la consola o enredar en el ordenador mientras me comía el postre. Recordé el olor de mi cuarto cuando empezaba a quedarme dormido.

Lo normal entonces no era asistir cada mañana a clases sobre solitones oscilantes o el supercontinuum, artes marciales después de comer, entrenamiento en la Zona de Emergencia y aprender taxonomías de cacodemonios antes de cenar. La normalidad no consistía en doblar una esquina y darte de bruces con un espejo, y ver cómo tu propia imagen se disculpa y sigue su camino. Había algunos que se parecían tanto a mí que seguramente nunca me acostumbraría, por muchas veces que los viera.

Todos ellos eran yo, pero por lo visto ninguno compartía mi suerte. Ninguno de ellos parecía tener la misma inclinación que yo a meterse en líos. Ninguno de ellos había visto morir a dos de nosotros.

Tono siguió merodeando por allí un rato, sin cambiar aquella extraña combinación de colores. Me quedé mirándolo orbitar lentámente en torno a mi cabeza como un planeta que acabara de ser expulsado del sistema solar, mientras pensaba que Jerzy ya tendría su lugar en el Muro, y yo no sabía qué podía aportar. Quizá podía hacer lo mismo que hice con Jay, coger un poco de tierra del pie de la montaña. Sí, ese sería un bonito homenaje. Al fin y al cabo, la tierra había tomado parte en su muerte. Muy simbólico.

Suspiré y me tiré en la cama. Me dolía el hombro cuando me movía, y eso solo me enfurecía más. Sin clases, sin entrenamiento, sin poder hacer esfuerzos y sabiendo que la mayoría de mis colegas Caminantes volvían a odiarme. ¿Por qué demonios estaba allí? Bueno, la verdad es que tampoco podía ir a ninguna parte.

¿O sí? El Anciano me había dicho que estaba dispensado de las clases, no que no pudiera abandonar la base. Y me habían inyectado un transmisor, ¿no? Las excursiones fuera de la base no estaban prohibidas, mientras tuvieras cuidado, firmaras el registro y no estuvieras fuera demasiado tiempo. Las normas no decían que no pudiera salir... a Caminar un rato.

Aquella idea me llevó a otra, y al cabo de unos minutos me senté en la cama. Ya sabía qué poner en el Muro de Jerzy.

Tras el accidente nos habíamos movido varios mundos más allá en sentido lateral, según me habían dicho, para que InterMundo no fuera descubierto. Saber a qué Tierra debía volver no era tan difícil; había un registro en el que se consignaban todas las ubicaciones anteriores y podía ser consultado por cualquiera que sintiera curiosidad, así que no tardé nada en dar con el nombre. Algunos me miraron de forma extraña cuando crucé el vestuario, me puse la armadura ligera básica —solo por si acaso— y me dirigí hacia la escotilla. Sin embargo, nadie me detuvo; la base estaba en cuarentena parcial, o lo que es lo mismo, se desaconsejaba abandonarla pero no estaba prohibido hacerlo. Ya había firmado el registro de salidas, había anotado la hora estimada de regreso y, en definitiva, había hecho todos los trámites como si esta fuera una salida normal. Y era una salida normal. En realidad... era yo el que ya no era un recluta normal.

Salí de la nave y aterricé sobre un montículo de arena, moviendo mi brazo bueno para no perder el equilibrio. Ni siquiera me había molestado en pedirle al intendente un disco antigravedad; seguía enfadado conmigo por haber perdido el disco escudo, y prefería no tentar a la suerte. Eché a andar.

Bueno, más concretamente Caminé, y después eché a andar. Cerré los ojos, respiré hondo, y seguí el rastro de un portal que me diera acceso al mundo que buscaba.

En las proximidades de la montaña todavía flotaba una densa nube de polvo. Podía verlo a lo lejos, como una leve nubosidad que le daba el aspecto de un volcán. Ya resultaba bastante ominoso de por sí, pero el polvo en suspensión contribuía a darle un aire maléfico. Me dirigí hacia ella, y con cada paso que daba me hundía un poco más en la depresión. Me habría gustado tener a alguien con quien hablar. Me habría gustado saber adónde había ido Acacia, o qué era lo que Tono había intentado decirme. Ojalá no hubiera decidido volver allí, por más que fuera un homenaje muy apropiado para Jerzy.

Seguí caminando hasta llegar al pie de la montaña; apenas había cambiado nada, salvo por las grandes rocas que había por el suelo. Me quedé quieto un momento, contemplando la montaña y sintiéndome muy pequeño. Lo que parecían solo unas cuantas rocas fuera de lugar había matado a un amigo mío y herido a dos equipos enteros de guerreros bien entrenados.

Era mejor no jugar con la Madre Naturaleza.

Había señales de precaución en ciertas zonas, similares a las que teníamos en algunos lugares de Ciudad Base, que normalmente llevaban incorporados sensores de movimiento y cámaras. Probablemente algunos oficiales pensaban barrer la zona unas cuantas veces más. No me molesté en evitar las cámaras mientras caminaba entre las rocas; ya sabían que estaba allí, seguramente me tenían controlado por el transmisor, y tampoco estaba haciendo nada malo.

Sí, reconozco que necesito reafirmarme continuamente, gracias.

Comencé a subir la montaña, tanteando con cuidado cada piedra antes de dar un paso. Algunas bailaban incluso antes de que las tanteara con el pie, haciendo que el corazón se me subiera a la garganta y me temblaran las rodillas. A lo mejor eso del TEPT no era más que una excusa.

Tardé lo mío en llegar a la cima, pero no me atrevía a ir más rápido. Seguía teniendo el hombro fracturado; no podía escalar y no podía agarrarme si me caía. Cada paso que daba sonaba como un F-18 estrellándose contra el suelo, y una vocecita dentro de mi cabeza me decía que no sobreviviría a un segundo desprendimiento. No obstante, por fin llegué a una plataforma natural a unas diez yardas por debajo de la cima.

Algunos de los peñascos de la plataforma se veían ennegrecidos y chamuscados, al igual que el saliente más pronunciado de la montaña. Por un momento me sentí confuso; ¿era un volcán? Entonces recordé las explosiones. Sin duda, el que hubiera estado barriendo la zona habría tomado muestras para analizar; y ahora que lo pensaba, probablemente esa fuera la razón de que no hubiera nadie por allí. Puede que hubieran encontrado todas las pruebas que necesitaban. Esperaba que no acabaran inculpándome a mí.

Me di la vuelta sin moverme del sitio, buscando otro sendero para subir hasta la cima de la montaña. Pero en lugar de eso, lo que vi fue un toque de color que se destacaba sobre el fondo marrón rojizo de las rocas, a medio enterrar junto a la pared de piedra.

Tuve que tirar, retorcer, y soltar unos cuantos improperios imaginativos, pero al final conseguí sacar la bandera que le había costado la vida a Jerzy.

No es que fuera un gran homenaje, pero me pareció muy apropiado. Jerzy había sido siempre muy entregado. Más de una vez le había oído decir que le debía la vida a InterMundo, y que la mejor manera de pagar esa deuda era dedicar esa vida a la causa. Me enfurecía que hubiera tenido que morir en una misión de entrenamiento. Un estúpido juego a ver quién captura primero la bandera. Desde esa perspectiva, quizá no fuera el tributo más adecuado. Igual era mejor dejarla allí y pensar en otra cosa que poner en el Muro.

Estaba mirando la bandera con resquemor, pensando en arrojarla por el precipicio y regresar a casa, cuando oí sobre mi hombro derecho un ruidito que me resultaba familiar. Tono se interpuso en mi campo visual, luciendo todavía la misma mezcla dual de colores que había adoptado en mi camarote.

—Eh, Tono. Tengo la bandera —le dije, y el tono burlón de mi voz me sorprendió. Tono se puso a girar lentamente sin moverse del sitio, y a continuación se

146

balanceó de un lado a otro, intentando decirme algo.

No sabía muy bien qué intentaba decirme; mientras el fóvim se movía, un destello en el suelo me llamó la atención.

—Eh, espera, Tono... Vuelve a hacer eso.

El fóvim se paró y luego repitió el mismo movimiento más despacio. Localicé el origen de aquel destello: un trozo de algo que parecía plástico transparente, si bien con el polvo que cubría las piedras no había podido verlo hasta que Tono pasó por encima de él. Debía de haberse movido cuando saqué la bandera.

Se parecía a esos círculos de plástico transparente que vienen dentro de las cajas de CD vírgenes. O, para aquellos que hayáis estudiado en una academia militar multidimensional, parecía un disco escudo sin cargar.

—Ah.

Le di la vuelta entre las manos, comprobé la carga y el interruptor de emergencia. No funcionaba; o estaba sin batería o simplemente estaba roto. No lo sabría hasta que pudiera conectarlo a un cargador. Me pregunté cómo habría ido a parar allí; luego recordé que las heridas de Joaquim no habían sido graves porque tenía un disco escudo. Me sentí reivindicado; no era el único que había perdido un disco, aunque estaba claro que a Joaquim le había dado mejor resultado que a mí. A lo mejor podía ganar puntos con Jernan si lo devolvía.

De pronto, mis hombros se relajaron. Jerzy estaba muerto, ¿y yo estaba pensando en la manera de congraciarme con el intendente? Tenía que revisar mis prioridades.

Me volví hacia Tono.

—¿Listo para volver a casa?

Volvió a balancearse de un lado a otro, como antes.

Se volvió de un color rojo tirando a gris que indicaba frustración, y a continuación volvió a la mezcla dual de antes: marrón rojizo en la parte inferior y multicolor en la superior. Esta vez me fijé bien.

Los colores me trajeron algo a la memoria: aquel polvo rojo y duro donde ni siquiera había podido cavar una tumba poco profunda, y la muerte de Jay bajo aquel cielo líquido y revuelto.

—¿Estabas allí? —Tono se iluminó y se volvió de color rosa— ¿Y qué hacías allí?

Su superficie se volvió reflectante, como cuando había reflejado a Acacia detrás de mí en el camarote. Ahora solo veía mi propia imagen, con mis pecas, mi ridículo pelo y todo lo demás, de pie como un tonto en la montaña con un brazo en cabestrillo y una bandera en la mano.

—No te entiendo —dije, intentando que mi tono no delatara la frustración que sentía, y Tono parpadeó un instante. Se puso intermitente, alternando entre un alegre color azul y el espejo, de modo que veía mi imagen solo un segundo de cada dos. Aquello tampoco me resultaba muy útil.

Al ver mi cara de perplejidad, Tono empezó a balancearse de nuevo y a flotar a mi lado, delante de mí, alternando entre la superficie reflectante y el azul según el sitio en el que se pusiera. Probé a decir lo primero que se me ocurrió.

—¿Estabas interactuando con alguien?

Se iluminó de tal forma que tuve que apartar la vista, pero me hizo reír. No esperaba acertar.

—¿Estabas hablando con alguien? —Se iluminó de nuevo—. ¿Quieres que yo vaya allí?

Parpadeó para indicar que sí, balanceándose encantado hacia adelante y hacia atrás.

Emocionado, enrollé la bandera y me la guardé en el bolsillo, intentando recordar las coordenadas del lugar donde había conocido a Tono. Sonriendo como un idiota, di un paso hacia el barranco y salí Caminando de la montaña.

Seguro que me estaba precipitando, lo sabía, pero prefería no pensarlo.

El planeta —o lugar, o lo que fuera— seguía estando igual que la última vez, incluso el cielo revuelto y las huellas que habíamos dejado Jay y yo. En aquel mundo no había viento, al parecer, y no se veían más huellas de pisadas, ni tampoco a ningún otro ser humano.

Acacia no estaba allí.

Me quedé un momento quieto, mirando las huellas de Jay, algo más grandes que las mías. Todavía podía recordar dónde habíamos aterrizado, por donde habíamos caminado, dónde nos habíamos sentado a charlar… y el punto en el que yo había echado a correr para rescatar a una criatura de la cual no sabía absolutamente nada, ni siquiera si era peligrosa. Aquello me había hecho perder a Jay; pero también me había servido para hacerme amigo de Tono, que después me había rescatado de las garras de los Maldecimales. Todavía no estaba seguro de si había sido un intercambio justo.

—¿Estamos seguros aquí? —le pregunté a Tono, que había sido capturado por una serpiente-dinosaurio-dragón-monstruo o lo que sea (un gyradon, según descubrí más tarde) la última vez que estuvo allí.

—Ni más ni menos que en cualquier otro sitio, todo es relativo —me contestó mi propia voz.

Miré a Tono, que se balanceaba y había adoptado el color que indicaba que estaba contento.

—¿Qué?

Una risa fue la respuesta, una que sonaba muy parecida a la mía.

—Oh, venga. Adivínalo, eres un chico listo.

Realmente parecía que la voz salía de Tono. Avancé unos pasos, miré a mi alrededor, miré al pequeño fóvim… nada. Entonces, di un paso hacia un lado y vi mi cara reflejada en mi globoso amigo.

No. No era mi cara.

Era la de Jay.

—¡Jay! —Me di la vuelta, no vi nada, miré detrás de Tono. Nada. Volví a oír la misma risa.

—Ya casi lo tienes. Tono, ayúdale, ¿quieres?

El fóvim se puso a dar vueltas a mi alrededor, con su parte delantera mirando hacia mí y la posterior orientada en la dirección de las huellas, y entonces volví a ver a Jay, como si Tono fuera una especie de lupa viviente que, más que hacer las cosas más grandes, permitía ver cosas que no estaban allí.

—Estoy mirando a través de él —dije en voz alta, y Jay sonrió y asintió.

—Sí.

—Pero tú… estás aquí de verdad.

—No, solo a medias. Estoy aquí, pero soy algo así como la mitad de mí… Es complicado. Básicamente, soy una impregnación psíquica. Morí aquí, de modo que parte de mi esencia se quedó.

—¿Cómo un fantasma?

—Si prefieres llamarlo así. Es algo muy parecido, en cualquier caso. No sé muy bien si es cosa de magia o algo científico —dijo, meneando la cabeza—. Pero ya está bien de hablar de mí. ¿Qué te ha traído hasta aquí?

—¿No has sido tú? Pensé que Tono había venido a buscarme...

—Si lo hizo, es cosa suya. —Tono parpadeó complacido, tapando momentáneamente la cara de Jay—. Él y yo estuvimos hablando hace algún tiempo. Se disculpó por lo sucedido y me dijo que hace todo lo que puede por mantenerte a salvo.

—¿En serio? —Intentaba mirar a Tono y a Jay alternativamente, pero la única forma de hacerlo era poniéndome bizco, y no quería que Jay se riera de mí otra vez.

—Bueno, no utilizó tantas palabras. Pero esa fue la impresión que me dio.

—Jay...

Me costaba asumir que estaba allí hablando con él. Ya en otra ocasión, mientras caía a través del Noquier, la voz de Jay me había aconsejado, pero no estoy muy seguro de si era él o yo. Ahora lo tenía justo delante de mis narices. Más o menos.

—¿Cómo van las cosas en el colegio? —Parecía una pregunta rara, la clase de pregunta que haría un hermano mayor para intentar romper el hielo.

Era exactamente lo que yo necesitaba. Una pregunta a la que podía responder con sinceridad, y alguien con quien podía hablar.

Se lo conté todo. Le conté lo de la misión en la Tierra FΔ986, y que Joaquim había perdido su disco escudo, le conté lo de los Caminantes mellizos y lo de la misión de entrenamiento, la muerte de Jerzy y todo lo demás; luego le hablé de Acacia. Jay se limitó a escuchar, hasta que le relaté mi excursión a la biblioteca y lo poco que había sacado en claro de ella. Las cejas de Jay se alzaron casi hasta tocar la raíz del pelo.

—¿Los Vigilantes del Tiempo? —silbó.

Mi corazón dio un vuelco.

—¿Sabes algo de los Vigilantes del Tiempo? ¿Qué puedes contarme de ellos?

Jay vaciló un momento, sopesando la cuestión.

—Los Vigilantes del Tiempo es básicamente lo mismo que InterMundo, pero… todavía no.

—Así que… ¿los Vigilantes del Tiempo es el origen de InterMundo?

—No exactamente. Mira, Joey, no estoy seguro de hasta dónde puedo contarte.

—Llámame Joe. Y por favor, no me ocultes información. Estoy cansado de que me mantengan en la ignorancia por mi propio bien. Moriste antes de que pudiera enterarme de qué va todo esto, Jerzy podría haber muerto porque alguien nos tendió una trampa, y yo estoy en libertad condicional mientras utilizan el TEPT como excusa. Tienes que contarme algo.

No estaba muy seguro de qué era lo que me había poseído para soltarle todo aquello, pero a medida que hablaba me iba dando cuenta de que tenía toda la razón del mundo. Estaban investigando la posibilidad de que alguien hubiera jugado sucio, y desde luego que alguien había jugado sucio. Las explosiones, las rocas chamuscadas… Me sacaba de quicio. Estaba cansado de que me trataran como a un niño, y más que dispuesto a conseguir unas cuantas respuestas le pesara a quien le pesase.

Jay me miraba como si estuviera viendo a una persona distinta. Parpadeó y entornó los ojos y, a continuación, para mi sorpresa, asintió con brusquedad.

—Sí, señor —dijo, con gran ironía—. No es que sean el origen de InterMundo, exactamente; son más bien una subsección de InterMundo que se ocupa del tiempo. Nosotros evitamos que los Maldecimales y los

Binarios se apoderen de todos los mundos del Arco, y los Vigilantes del Tiempo evitan que se apoderen del curso del tiempo. Aunque tienen problemas más graves que los Binarios y los Maldecimales.

—¿Más graves? ¿Cómo por ejemplo?

Jay volvió a dudar, solo un segundo, como si hasta pronunciar sus nombres le costara.

—Los Tecmaturgos.

—¿Los…?

—Son los que pueblan las pesadillas de Lord Dogodaga y el Profesor. No son muchos, pero son tan poderosos que con una sola mirada podrían destruir un mundo. Han llegado a dominar la magia y la ciencia hasta tal punto que son prácticamente indestructibles. E increíblemente destructivos. No quieren gobernar para siempre, lo que quieren es eliminarlo todo para empezar desde cero.

—Pero si les resulta tan fácil destruir mundos, ¿por qué no han ganado ya?

—Por los Vigilantes del Tiempo. No sé exactamente cómo lo hacen, pero ellos son los que mantienen el orden.

—Y pueden viajar en el tiempo.

—Eso es.

—Así que… Acacia es…

—Una Agente del Tiempo. Lo que significa que tenéis por delante un camino pedregoso.

En realidad prefería no saberlo, pero aun así pregunté:

—¿Qué?

—Sé que acabáis de conoceros y todo eso, pero si te pareces a mí en algo, y sabes que sí, esa chica te interesa.

—Qué va —dije, pero Jay se echó a reír.

153

—Por favor. Estoy intentando hablarte como a un ser adulto, compórtate como tal. Te interesa, ¿y qué tiene eso de malo? Da la impresión de que tú también le interesas a ella, por la fijación que tiene contigo.

Mi cara estaba tan roja como la tierra que pisábamos, pero no dije nada.

—A los Agentes del Tiempo solo les preocupa una cosa: el futuro. Asegurarse de que suceda. Yo me andaría con cuidado, sinceramente. Si ella decide que podrías cambiar acontecimientos futuros, te eliminará, y nadie cuestionará su decisión. En lo que se refiere al tiempo, su autoridad es indiscutible. No importa cuáles sean tus intenciones, ni lo que ella sienta por ti…

—Lo pillo —dije, y tracé una línea sobre mi garganta con el dedo índice estirado—. *Ggggjjj*.

—Y eso si tienes suerte. Podría hacer algo mucho peor que matarte. Podría borrarte. Y lo hará, si cree que es necesario para preservar la continuidad. —Nunca había visto a Jay tan serio—. Para salvar el curso del tiempo, si lo cree necesario, se asegurará de que seas eliminado.

Me quedé mirando a Jay, debatiéndome entre la lógica y el sentimiento; aunque en realidad no sean mutuamente excluyentes.

—Yo… pero ¿cómo podría…? ¿Y qué pasaría con todas las cosas que he hecho? Si me borran, ¿qué pasará con las cosas que he cambiado?

—Ella rellenará los huecos, se encargará de arreglarlo. No serás tú el que hizo esas cosas, será ella o cualquier otra persona. Puede hacerlo —me aseguró al ver mi expresión de incredulidad—. Y, como te he dicho antes, si cree que es mejor para el futuro que tú no estuvieras en el pasado, lo hará.

Eso era algo que no podía discutir, pero me moría de

ganas de hacerlo. Tras resistirme a aceptarlo unos instantes, decidí dejarlo a un lado y pasar a lo siguiente.

—¿Y ahora qué hago?

—Vuelve a casa. Vuelve a la Base. Siéntate y espera.

Me quedé mirándolo. Pasaron los segundos, hasta
que Jay se echó a reír.

—Ya sabía yo que no estarías deseándolo. Pero deberías volver a casa, al menos el tiempo suficiente para
saber si han averiguado algo.

—¿Y qué hay de Acacia?

—Es una Agente del Tiempo. Si está previsto que
vuelvas a verla, la verás.

—Pero...

Era demasiado tarde; la conversación había terminado. No sé si había sido Tono el que había dejado de
enfocar, o si había sido el propio Jay, pero su imagen
lanzó un destello como si fuera una gota de aceite sobre
agua, y desapareció.

De repente, necesitaba sentarme. Y eso hice, aunque
más que sentarme casi me dejé caer en el suelo. Miré a
mi alrededor, maravillándome una vez más de que todo
siguiera exactamente igual que la última vez. Incluso
las marcas que había dejado al arrastrar el ensangren-
tado cuerpo de Jay estaban todavía allí. Aquel recuerdo
me hizo fruncir el ceño y aparté la vista.

Entonces noté algo raro y, aunque no quería hacerlo,
volví a mirar las marcas. Todo estaba exactamente como
lo recordaba, salvo una cosa.

No había sangre.

Recordé con toda claridad haber arrastrado a Jay,
embutido en su mono plateado que lo cubría por completo, salvo por los enormes agujeros que habían dejado los afilados dientes del gyradon. La sangre había
salido a borbotones, de forma violenta al principio,

luego más despacio, gotas más pequeñas, pues su cora-zón se iba parando y sus arterias estaban prácticamente vacías. Había sangrado mucho, lo recordaba perfecta-mente, y había dejado una gran mancha de tierra oscu-recida por la sangre, como un charco de viscoso lodo.

No quedaba ni rastro.

«El sol —pensé— debe de...»

Pero allí no había sol; solo aquel revoltijo de cielo que parecía sacado de un Van Gogh.

Me puse en pie de un salto. De pronto sentí la ur-gente necesidad de salir de allí. Tono flotaba nervioso delante de mí, cambiando continuamente de color como un caleidoscopio acelerado.

Sentí algo —una presencia— detrás de mí... como una brisa, ¿o era un aliento?, en mi nuca. Acudieron a mi mente imágenes de ojos rojos rasgados y unos dientes amarillos y brillantes. En todos mis viajes y misiones, todavía no había visto nada tan aterrador como el líder de los Maldecimales, y su imagen seguía apareciéndose en mis sueños o en situaciones como aquella, cuando sabía con seguridad que había algo detrás de mí...

Tan deprisa como pude, Caminé.

Puede que aquella conversación no hubiera resuelto todas mis dudas, pero me había proporcionado infor-mación suficiente como para empezar a hacerme una idea. Ahora, si el destino tenía a bien darse un poquito de prisa y dejarme ver de nuevo a Acacia, quizá pudiera enterarme de algo más.

Me gustaría poder decir que a continuación oí una voz conocida que me llamaba por mi nombre. Me gus-taría contaros que la oí nada más pisar el Entremedias, que me giré y allí estaba Acacia. Me gustaría poder de-ciros eso, porque no solo significaría que conseguí ver a

Acacia de inmediato, sino que además me habría ahorrado mucho dolor.

Pero lo que en realidad sucedió fue que me hirieron con una pistola láser.

Ya he mencionado el ruido que hay en el Entremedias, así que no os sorprenderá que no oyera disparar a aquella cosa. Es como cuando, sin mirar, rozas con la mano algo muy caliente; sientes una punzada de dolor y sabes que algo no va bien, pero por un momento ni siquiera sabes qué es lo que te ha provocado el dolor. Te duele tanto que al principio ni siquiera sabes dónde te duele.

Mi cerebro tardó unos instantes en procesarlo todo, pero incluso antes de eso, me tiré hacia la derecha, y me salí de la estrecha cornisa de arena a rayas donde me encontraba. Solo vi fugazmente una especie de humanoide antes de que el psicodélico caos del Entremedias me rodeara y cayera, en una caída más o menos controlada, sobre un trozo de césped del tamaño de un Volkswagen. El lado izquierdo de mi pecho y la parte interior del antebrazo estaban quemadas, y había un agujero que atravesaba limpiamente el cabestrillo que cubría mi hombro.

Adopté una posición defensiva, y me mantuve atento a lo que había encima de mí. El que me había disparado tenía que venir por ahí. La teletransportación básica no funcionaba en el Entremedias; era demasiado caótico, había demasiadas interferencias.

Esta vez sí que lo oí —una especie de *zuipp*—, pero venía de algún punto detrás de mí. Y justo antes del sonido, algo me vino a la cabeza, algo que reconocí de inmediato, un sentimiento que me resultaba tan familiar como el latido de mi propio corazón…

Alguien acababa de Caminar cerca de mí.

Tono se había puesto detrás, y cuando volvieron a disparar el láser, se transformó en una especie de goma gigante con la superficie reflectante. Reflejó el láser y lo desvió, antes de volver a su forma esférica habitual. Era como ver a alguien estirar mucho un balón, salvo que el balón no estallaba y volvía a recuperar su forma.

No obstante, cuando lo hizo pude ver a través de él. Pude ver a la persona que me había disparado, con el brazo extendido y la pistola en la mano. Y era la última persona a la que esperaba ver.

—¡¿Qué demonios estás haciendo?!

—Exterminar objetivo: Joey Harker —dijo J/O, y volvió a disparar.

Capítulo once

*T*odo en él era como el J/O al que estaba acostumbrado, salvo por las heridas y los rasguños que le había provocado el desprendimiento. Y el láser me apuntaba a mí. No estaba acostumbrado a verlo desde ese ángulo. J/O y yo no habíamos empezado con muy buen pie, pero hacía ya dos años que éramos compañeros de equipo. Me había acostumbrado a sus comentarios sarcásticos, incluso era capaz de devolvérselos, pero ahora intentaba matarme de verdad, que era algo que estaba a años luz de un simple sarcasmo lo miraras por donde lo miraras.

Tono volvió a desviar el láser, pero me di cuenta de que le hacía daño. Se volvió de un color verde rojizo que indicaba dolor, y se encogió sobre sí mismo. No aguantaría mucho más; y ahí estaba yo, sobre un trozo de tierra flotante, con el Entremedias a mi alrededor y desarmado.

Bueno, yo no llevaba ningún arma encima. Pero el Entremedias estaba lleno de cosas…

De un salto, pasé del trozo de tierra a lo que parecía una tapa de metal, como de una alcantarilla, pero era de color azul brillante. Le di la vuelta para usarla como escudo justo a tiempo, y desvié el siguiente disparo según aterrizaba sobre una especie de balón de playa. Parecía bastante sólido pero, por desgracia, en el Entremedias las cosas no siempre son lo que parecen. El balón estalló como una pompa de jabón («una poopa», me susurró el recuerdo de la voz de mi hermana pequeña), y aterricé unos diez pies más abajo, en un camino que olía a un perfume muy dulzón y parecía el camino de Oz.

J/O aterrizó delante de mí un instante después, y utilicé mi improvisado escudo para desviar otro disparo. Una sola mirada me bastó para saber que sería inútil intentar razonar con él; era el mismísimo Terminator. Me miraba fijamente, como miraría a una diana, nada más, y sabía que me perseguiría allá donde fuera.

—¡J/O, según las leyes y el código de conducta que rigen InterMundo, te ordeno que dejes de disparar!

Saber que aquello era inútil no ayudó mucho. Seguía siendo mi amigo y mi compañero de equipo; ¿qué otra cosa podía hacer?

Ignoró la orden, tal como había previsto, y volvió a disparar. Apuntó directamente a mi cabeza, y alcé el escudo de nuevo para protegerme. Un fogonazo rojo lo envolvió, y vi que unas grietas diminutas como venitas empezaban a formarse en la superficie. Iba a tener que buscarme otro escudo.

Lancé el escudo como si fuera el Capitán América, agradeciendo mentalmente a mi profesor de educación física alternativa que nos hubiera adiestrado en el cuestionablemente útil arte del lanzamiento de disco. J/O estiró el brazo para pararlo, y oí un crac cuando chocó contra su láser retráctil. Esperando con toda mi alma que mi improvisada arma hubiera roto la que J/O llevaba incorporada, salí del camino de un salto y abrí mis sentidos para buscar otro portal. Podía Caminar por el Entremedias, siempre que tuviera cuidado; Caminar demasiado por allí podía resultar muy desorientador, y si hay algún lugar en el Altiverso en el que no querrías perderte, es precisamente el Entremedias. Bueno, aquí y en el Noquier.

No había ningún portal que estuviera lo bastante cerca, así que no podía volver a la Base, pero vi unos rayos de luz que se filtraban por una claraboya flotante. Cogí uno de ellos del aire, o de lo que hacía las veces de aire allí. Estaba caliente, y era demasiado luminoso como para mirarlo directamente. No estaba muy seguro de si tenía punta, pero esperaba que al menos sirviera para distraerlo el tiempo suficiente mientras yo… No estaba muy seguro. La verdad era que no quería hacerle daño.

Por otro lado, era evidente que a él no le importaba en absoluto hacerme daño a mí.

Vi un destello detrás de mí y me giré, mientras doblaba el rayo en forma de ocho. Su siguiente disparo (al parecer, no se había roto) rebotó en mi improvisada espada y, por un momento, me sentí como un Jedi. J/O se había pasado al reverso tenebroso y yo no tenía más remedio que enfrentarme a él, me gustara o no.

—J/O —Quería volver a intentarlo, pero no tuve tiempo para mucho más. Recogió su láser, avanzó a grandes zancadas y cogió otro rayo. Se me encendió una lucecita: no solo intentaba matarme, intentaba ganarme. Su láser era un arma mucho más eficaz que la espada de luz, pero había preferido el rayo. Estaba aceptando un desafío, aprovechando la oportunidad que se le presentaba de ganarme en un combate limpio. Eso significaba que, al menos en parte, era su propio ego lo que lo motivaba.

Y eso significaba que, al margen de por qué estuviera atacándome, el J/O que yo conocía seguía estando allí.

Por desgracia, no iba a tener ocasión de intentar llegar a él. Ya había visto a J/O batirse a espada en una ocasión, en un duelo contra la muerte en el Maléfico. Había ganado él, y no se había salvado por los pelos. J/O era muy bueno, y las probabilidades de que me cortara en rodajas como si fuera sushi aumentaba cada vez que bloqueaba o lanzaba una estocada.

Di un salto hacia atrás, y corté con la espada una especie de gelatina flotante cuyos trozos salieron despedidos hacia mi atacante. Al mismo tiempo solté la espada de luz, sin esperar a saber si hacía diana. Me dolía mucho el hombro, y la zona quemada por el primer disparo; tenía que encontrar un portal y regresar a InterMundo. Tenía que decirles que algo le pasaba a J/O.

Hubo una explosión detrás de mí, pero ni siquiera me paré a mirar qué era. Una oleada de calor me revolvió el pelo cuando volví a saltar. No tenía ni idea de adónde iba, pero con el hombro en esas condiciones, trepar no era una opción. Solo podía ir hacia abajo. Me pregunté si el Entremedias tendría un «suelo» o algo por el estilo.

Seguí corriendo, lanzando cosas hacia atrás de vez en cuando, y a ratos, cuando saltaba o corría o pasaba por delante de una superficie reflectante, veía que J/O me pisaba los talones. Apenas conseguía mantener la distancia, no aguantaría mucho más. Él tenía la ventaja de ser un ciborg, por no hablar de que no tenía un hombro fracturado ni varias costillas machacadas. Y todo ello empezaba a dolerme una barbaridad.

No estoy muy seguro de qué fue lo que sucedió después. De repente, iba corriendo por un bosque boca abajo con extrañas flores gigantes en lugar de árboles, y al momento siguiente estaba tendido de espaldas sufriendo un dolor insoportable. Estaba demasiado desorientado hasta para ver con qué había chocado, pero en el Entremedias cabe todo. El instinto me hizo levantarme y buscar un portal, pero no hubo suerte. J/O se acercaba cada vez más, y yo no tenía adónde ir.

—J/O —dije otra vez, sujetándome el hombro—. No sé qué es lo que te pasa, pero déjalo ya. Haz un reseteo completo o lo que sea. ¡Reprográmate!

—Objetivo confirmado —dijo con nuestra voz, algo a lo que ya me había acostumbrado pero que seguía siendo inquietante a veces, sobre todo cuando decía algo así—: Joey Harker.

Alzó su brazo, sacó el láser de nuevo, apuntó…

—Llámame Joe —le dije. Teniendo en cuenta que iban a ser mis últimas palabras, quizá se me podía haber ocurrido algo más brillante, pero me parecieron adecuadas. Un fogonazo rojo salió de la boca del arma que J/O llevaba incorporada y, a la desesperada, miré a mi alrededor a ver si encontraba algo que pudiera servirme.

Oí un disparo de láser, y no sentí nada. Literalmente, aunque tardé un instante en darme cuenta de que no me había dado.

—Variable inesperada —dijo J/O, y en ese mismo momento vi a alguien que flotaba a unos tres metros de nosotros—: Acacia Jones.

—¡Acacia!

El cabello se le vino a la cara cuando se giró hacia mí, con el brazo extendido y algo en la mano que parecía más adecuado para abrir la puerta de un coche que para salvar mi vida, aunque eso era exactamente lo que acababa de hacer. Al alivio que sentía al verla le

163

sucedió la preocupación; se acababa de convertir en un objetivo, y J/O estaba apuntando de nuevo.

Acacia se lanzó hacia mí —no sé muy bien cómo, pero al parecer tenía algo que ver con sus zapatos— atravesando el Entremedias, y utilizó eso que parecía la llave de un coche para disparar a J/O. Me recordó aquella vez que Tono me salvó de unos agentes Maldecimales lanzándose contra mí a toda velocidad y teletransportándonos a los dos. Acacia hizo algo muy parecido, y se estrelló contra mí mientras un estallido de luz violeta nos envolvía a los dos. Caímos a través de la nada, y sentí un espantoso dolor en el hombro al aterrizar sobre mi espalda. Grité, y al abrir los ojos vi a Acacia iluminada desde atrás por un radiante cielo azul.

Estaba casi encima de mí, y las puntas de su oscuro cabello me hacían cosquillas en los labios y las mejillas. Se me metieron unos cabellos en los ojos y parpadeé, y sentía que Acacia se ponía de pie. La hierba que tenía debajo era verde, y el cielo era azul con nubes algodonosas y blancas. El sol ascendía en el cielo; calculé que debían de ser las once de la mañana, suponiendo que en aquel mundo el tiempo se contabilizara igual que en el mío. El aire era limpio y fresco, tirando a frío, y tenía un olor algo punzante.

—Por los pelos —dijo Acacia de repente, girándose hacia mí con una sonrisa amistosa—. Eh, Joe. Cuánto tiempo.

En condiciones normales habría hecho caso omiso de su comentario y le habría preguntado dónde estábamos, o cómo había sabido dónde encontrarme. Simplemente me habría alegrado de volver a verla, y me habría olvidado de lo que me había advertido Jay.

Pero ahora sabía que era una Agente del Tiempo, y eso significaba que tenía muchas cosas que preguntarle.

—¿Cuánto tiempo?

Acacia se quedó mirándome, pensativa.

—Desde la última vez que tuve que volar. Cuando lo noqueamos.

—Lo recuerdo. ¿Cuánto tiempo hace de eso, para ti?

Se giró completamente hacia mí y puso los brazos en jarras.

—Bueno, supongo que ahora ya lo sabes.

—Sí.

—Que soy una Agente del Tiempo.

—Sí.

—Muy bien. Buena pregunta. ¿Me creerías si te dijera que han sido varios años?

Me quedé reflexionando. La miré de arriba abajo con mucha atención, comparando lo que veía con lo que recordaba; no parecía mayor que la última vez. Llevaba más o menos la misma ropa que antes, su cabello tenía la misma longitud. Su voz sonaba igual.

—No —respondí, por fin, intentando parecer seguro. Me recompensó con una radiante y pícara sonrisa.

—¡Buena respuesta! Han pasado, ¿cuántos, tres días, según tú?

Me encogí de hombros; la verdad era que, entre el desprendimiento y la muerte de Jerzy, no estaba seguro de cuántos días habían pasado desde la última vez. Lo mismo podría haber sido ayer que hacía una eternidad.

—Para mí ha pasado una semana. El noqueo ese de tu nave me desorientó bastante. La verdad es que me hizo polvo. Estuve mala dos días enteros, no podía ni comer.

Estiró los brazos por encima de su cabeza y cruzó las manos detrás de la nuca, girando la cabeza a un lado y a otro para contemplar nuestro nuevo entorno.

—¿Por qué?

—Porque viajabais a través de múltiples dimensiones a toda velocidad. Soy una Agente del Tiempo, Joe. Mi conexión con este plano es algo más tenue que la tuya. Tengo que anclarme en el tiempo allá donde vaya.

Eso tenía bastante sentido.

—Así que nos cargamos tu ancla.

—Más bien la perdí por completo. ¿Alguna vez te has mareado de verdad a bordo de un barco?

Negué con la cabeza.

—Una vez me tiré por una cascada dentro de un barril.

Se echó a reír.

—Bueno, seguramente fue algo muy parecido a eso. —Se interrumpió un momento, e inclinó la cabeza hacia un lado—. ¿Oyes eso?

Escuché. A lo lejos se oían instrumentos de percusión y pequeñas explosiones.

—Sí. ¿Qué es?

—Vamos —dijo, cogiéndome de la mano.

—Recuerdo haber estudiado algo de esto en el instituto —estábamos de pie sobre un peñasco, en medio de un bosquecillo, contemplando las figuras en su partida de ajedrez a vida o muerte—. La batalla del Somme, 1916. Historia a tercera hora, con el señor Luru.

—Yo también —dijo Acacia, pero sonrió cuando la miré y lo aclaró—. Recuerdo haberlo estudiado. No en tu clase de historia a tercera hora. Estaba aquí, de hecho. Una excursión. Lo vimos desde este mismo sitio.

—¿Es cierto eso que dicen en todas las novelas de ciencia-ficción? ¿Qué si estás en el mismo sitio a la misma hora se produce una paradoja temporal que podría destruir el mundo, o dar lugar a más versiones de ti?

—No. Eso es imposible. Cuando entras en el curso del tiempo, tienes que anclarte en él y permanecer anclado; una vez que estás allí, formas parte de ello. Si echas el ancla, puedes salir del curso del tiempo y volver después, pero no te encontrarás contigo mismo porque no estás allí, estás aquí.

Intenté seguir el razonamiento, lo intenté de verdad. Y no quería admitir que me había perdido, pero...

—Así que... ¿puedes interferir en el curso del tiempo tantas veces como quieras?

—No exactamente. Puesto que estoy anclada aquí, si viajo cincuenta años en el futuro y me quedo allí una semana, solo puedo volver aquí dentro de una semana. Si echo el ancla aquí y me voy a otra parte, y echo el ancla en otra época distinta, puedo regresar a este mismo día y no encontrarme conmigo misma, pero cualquier cosa con la que haya interferido aquí seguirá interferida. Por eso tenemos que tener mucho cuidado con las paradojas.

—¿Y por qué no puedes hacer lo mismo una y otra vez?

—En primer lugar, porque nos da un horrible mareo temporal. —Vio mi cara de no entender nada y me lo aclaró—. Imagina todas las veces a lo largo de tu vida que te has encontrado fatal del estómago: después de montar en una atracción, durante una tormenta en el mar, una gripe o...

—Ya lo pillo. Gracias.

—Luego imagina todo eso superpuesto, un mareo

167

encima de otro, de modo que los sientes por separado y todos a la vez…

—¿Qué parte de «ya lo pillo» no has entendido? Volvió a sonreír.

¿Sabéis esos recuerdos que parecen congelados en el tiempo, como una fotografía? Incluso si no tienes una fotografía que mirar, recuerdas cada detalle. A menudo, sabes que será uno de esos recuerdos en el mismo momento en el que suceden; todo parece ralentizarse, y esa imagen se te queda grabada en la mente.

En el momento que oí Caminar a alguien, en el preciso instante en el que oí el *fuip* del láser, supe que ese momento se quedaría conmigo para siempre, el instante inmediatamente anterior a que su sonrisa se transformara en un grito.

Me volví, calculando la trayectoria del ataque: venía de detrás de mí, un poco más a la izquierda. Me lancé hacia delante, intentando acercarme para que J/O no tuviera tiempo de volver a disparar. Estiró un brazo para bloquear mi primer golpe, y el segundo, pero el tercero dio en el blanco. Tenía que mantenerlo a la defensiva. Tenía que alejarlo de Acacia.

No podía verla bien, pero por lo que percibía cuando me agachaba o lanzaba una patada supe que aún estaba viva. Más aún, estaba haciendo algo: sus uñas llenas de circuitos verdes brillaban y echaban chispas, y presionaba con ambas manos la zona donde suponía debía de tener la herida, cerca del estómago. Me pregunté si podría regenerarse. Esperaba que sí.

—Objetivo inmovilizado: Joey Harker —pronunció J/O, y para más inri lo dijo justo después de derribarme con un fantástico gancho de derecha. Mi espalda dio contra el suelo una vez más y mis costillas se quejaron; no iba a poder encajar muchos más como ese, y ya me estaba cansando de verme siempre en la misma situación.

—¿Cómo demonios nos has seguido hasta aquí? —La voz de Acacia sonaba sorprendentemente firme para alguien que acababa de recibir un disparo.

J/O miró detrás de mí, a Acacia, que se estaba poniendo de pie. No respondió, se limitó a extender su brazo láser de nuevo.

—No puedes Caminar a través del tiempo —insistió ella, trazando en el aire el contorno de una placa. Se iluminó un momento con una luz verde, mostrando un escudo de aspecto oficial con su nombre debajo antes de desvanecerse de nuevo—. Como Agente oficial de la Organización de Vigilantes del Tiempo, te ordeno que respondas.

La miré con incredulidad mientras se acercaba cojeando para ponerse a mi lado, con la placa avanzando delante de ella. ¿De verdad creía que eso iba a funcionar? (En realidad yo había intentado hacer lo mismo, a mi manera...)

J/O se echó a reír.

—Nosotros no respondemos ante tus Vigilantes del Tiempo.

—Si has robado nuestra tecnología, créeme, responderás.

—No necesitamos vuestra tecnología, Agente del Tiempo. Conocemos vuestra esencia misma, y la seguiremos a cualquier parte.

Acacia se enderezó bruscamente, y puso una mano sobre mi hombro. Sus uñas de placas de circuitos se iluminaron, y sentí algo como un choque estático.

—Ya lo veremos.

J/O se esfumó. Al menos eso fue lo que me pareció en un primer momento; luego volvió, pero los árboles que tenía alrededor eran distintos. El sol y la luna se alternaban en el cielo creando un efecto estroboscópico; el suelo que teníamos debajo era hierba, arena, agua, hierba otra vez. Me agarré de la mano de Acacia, mientras veía cambiar el mundo a nuestro alrededor, y a J/O aparecer y desaparecer; unas veces estaba allí perfectamente sólido, otras veces traslúcido, y otras veces solo una sombra o una impresión, solo un segundo en cada ocasión.

Era un poco como noquearlo, solo que no nos movíamos del sitio. Estábamos allí quietos, y el mundo cambiaba a nuestro alrededor. Los árboles se hacían más altos, luego más bajos, uno había sido quemado por un rayo, luego estaba otra vez entero y vivo. Una figura pasó por mi lado y luego se dividió en dos; uno se fue hacia la izquierda y otro hacia la derecha. Cada vez había más figuras alrededor de nosotros; la mayoría eran soldados que corrían, saltaban, se agachaban y se escondían, a menudo se dividían en dos versiones diferentes, uno de ellos caía muerto al suelo y el otro se arrastraba y se ponía a cubierto, y todo esto mientras J/O aparecía y desaparecía, y continuaba acercándose.

Ahora podía entender cómo se había sentido Acacia en Ciudad Base, cuando pusimos los motores a todo trapo. Preferiría volver a tirarme por una cascada dentro de un barril, pese a la cantidad de puntos que me iban a hacer falta.

Por fin, por fin paró. Yo ni siquiera sabía dónde estábamos ahora, pero sabía que había un arbusto cerca, y sabía que tenía que deshacerme de todo lo que hubiera comido en las últimas horas. Me habría sentido humillado de no ser porque Acacia estaba haciendo lo mismo a unos metros de allí.

Yo me recuperé antes, y pude arrastrarme hasta ella y frotarle la espalda mientras se retorcía entre arcadas y trataba de coger aire.

—¿Estás bien? —le pregunté, y Acacia asintió—. Toma.

Saqué una petaca de mi bota, la destapé y se la ofrecí. Me miró como si estuviera completamente loco.

—Confía en mí.

Cogí su mano y puse en ella la petaca, disfrutando una vez más del hecho de saber algo que ella no sabía. Recordé la primera vez que Jay me había ofrecido aquello, y yo supuse que era alcohol; imaginé que Acacia estaba pensando lo mismo.

Lo olió con aprensión y echó un trago; no pude reprimir una sonrisa cuando alzó las cejas con sorpresa y la expresión de su cara se relajó.

—Está bueno, ¿eh?

Dio otro sorbo, y yo eché un trago también. Nunca había conseguido que me dijeran exactamente cuál era su composición, y francamente no me importaba; todo cuanto sabía es que no era alcohol y por tanto no tenía ninguno de sus molestos efectos secundarios, y que por muy poco que bebieras, te sentías inmediatamente como si te acabaras de levantar de la más blanda de las camas con el mejor día posible y el aroma de tu desayuno favorito en el aire. Hacía que te sintieras dispuesto a comerte el mundo.

Por fin me tomé un momento para mirar alrededor, aunque no había mucho que ver. Todo estaba gris y cubierto de una espesa niebla. Sombras y figuras se movían a través de ella; aunque no era la clase de niebla que no te deja ver, hacía que todo resultara muy vago. Era como verlo todo a través de un cristal al ácido: podías ver formas, pero no distinguir los detalles.

171

—¿Dónde estamos?

—Esa pregunta es difícil de responder. —La voz de Acacia subía desde mi regazo, débil y estrangulada.

—¿Y hay una pregunta mejor?

Creo que sonrió, pero no estoy del todo seguro.

—Podrías preguntar dónde no estamos.

—Vale. ¿Dónde no estamos?

—En cualquier parte. —Respiró hondo y se incorporó. La ayudé, apoyando una mano en su hombro para que no perdiera el equilibrio—. No estamos en cualquier parte.

Tenía un aspecto horrible. Todavía parecía mareada y tiritaba, y su piel estaba pálida y húmeda. Le ofrecí de nuevo la petaca, pero ella la rechazó.

—¿No estamos en cualquier sitio? ¿Así que no estamos en ningún sitio? Yo he estado en el Noquier y esto no es…

—No, no es lo mismo. —Respiró hondo una vez más, y se colocó el pelo detrás de las orejas. Tenía una uña rota, y le salía sangre—. He levado el ancla. Sin ningún otro destino.

Aquello empezaba a tener algo de sentido, más o menos.

—¿Así que hemos caído a través del mundo?

Acacia negó con la cabeza.

—Hemos caído a través del tiempo.

Miré las figuras que había por allí, vagas y distorsionadas. Era como si estuvieran superpuestas; una figura pasaba a tu lado, se agachaba a coger algo del suelo y luego se enderezaba y seguía su camino, pero otra figura se quedaba allí mirando lo que había en el suelo. Luego esa figura se iba en otra dirección. Estaban por todas partes, a veces incluso pasaban a través de mí.

—¿Estás bien? Te ha disparado.

Acacia asintió, y se levantó un poco la camisa para mostrarme la herida. La camisa estaba rota, pero la piel no parecía quemada. Un poco roja sí, y empezaba a amoratarse, pero no había quemadura.

—Piel escudo —me dijo.

—¿Es… como un traje o algo así?

—Más o menos. En realidad no es algo que te pongas como la ropa, es… un escudo de energía. Ahora tengo que recargarlo, ha sido un impacto muy fuerte. —Suspiró, acariciando la zona con los dedos. Sus uñas echaban chispas, los circuitos parpadeaban con luz verde y de pronto se me ocurrió una idea.

—¿Podrías recargar esto? —Saqué el disco escudo que había encontrado en la montaña. Acacia lo cogió y lo examinó con aire pensativo.

—Creo que sí. Es muy parecido a mi piel escudo, solo que… bueno, menos sofisticado. No te ofendas.

Me encogí de hombros. Acacia extendió la mano con la palma hacia arriba, con los dedos doblados y separados. Colocó el disco sobre sus uñas. Una chispa eléctrica iba saltando de una uña a otra entre sus cuatro dedos; seguía teniendo una uña rota. El disco se iluminó con una tenue luz azul.

—Bonito truco —comenté. Acacia sonrió, pero no dijo nada.

Conté los segundos hasta que hubo terminado. Veinte, normalmente hacían falta treinta para cargar un disco. Las uñas de Acacia eran más potentes que cualquiera de nuestros cargadores.

Me lo devolvió y lo encendí. La superficie se iluminó un instante, y luego apareció un número de serie en azul: FB242.

—Eso tiene que ser un error —murmuré.

Acacia me miró con aire inquisitivo.

—¿Ha funcionado?

—Sí, pero… este es el disco que perdí. El intendente se enfadó mucho conmigo. Es el mismo que me dejé en la Tierra FΔ986.

—¿Dónde lo encontraste?

—En la… —Entonces me di cuenta de que no le había contado todavía lo del desprendimiento—. En la montaña. En la cima.

—¿Estás seguro de que es el mismo?

—Sí. —Parecía que Acacia no terminaba de creerme—. Estoy completamente seguro. El número de serie es FB242, y el cumpleaños de mi madre es el veinticuatro de febrero. Recuerdo que me fijé en eso cuando lo comprobé. Es el mismo.

—¿Y cómo llegó hasta allí?

—No lo sé. Lo vi caer. Me lo dejé allí; no tuve elección. Lo apagué y lo coloqué en mi cinturón. Resultaba todo muy confuso—. Intentaba lanzárselo a Jo cuando cayó, pero Joaquim la cogió y Caminaron juntos…

—¿Y no podría haber ido alguien a recuperarlo?

—Yo no…

Suspiré, me pasé una mano por el pelo y alcé la vista al cielo. Hacía sol y estaba nublado al mismo tiempo, y por el oeste venían unas nubes de tormenta. Si me fijaba bien podía ver caer la lluvia, pero no estábamos mojados. Las fantasmales figuras seguían deambulando por allí, andando o corriendo o cayéndose, por todas partes.

Y uno de ellos me resultaba familiar.

—¡Nos ha encontrado! —Empecé a ponerme de pie, pero Acacia me agarró por la muñeca.

—No. —Me tiró del brazo y me detuve—. No nos ha seguido. Nos está mirando, pero no puede vernos. Si pudiera estaría aquí. Lo veríamos con claridad.

—Pero ¿puede encontrarnos? —dije, volviendo a sentarme.

Acacia meneó la cabeza, luego se frotó la sien, parecía frustrada.

—No lo sé. No debería. Pero tampoco debería poder Caminar a través del tiempo. Los Caminantes no pueden hacer eso, ¿verdad? —Me miró.

—No —respondí—, salvo por los cambios relativísticos y siderales de un mundo a otro.

Imaginaos que vais de Nueva York a Los Ángeles; en cierto modo estáis viajando en el tiempo. Pero tardáis un tiempo en ir de una a otra, ya sean unas horas si vais en un Boeing 747 o unos meses si vais en carromato.

—Lo más parecido a viajar en el tiempo que hacemos es Caminar por el Entremedias, pero lo hacemos para ir de un mundo a otro; se trata de adónde vamos, no de cuándo.

De repente, me mareé solo de pensar la cantidad de cálculos matemáticos que hacían falta simplemente para desplazarse fuera del tiempo: imaginad si además tuviéramos que ir a dentro de seis meses o a hace seis meses al mismo tiempo y no acabar flotando, congelados, en el espacio porque la Tierra ha seguido su viaje alrededor del Sol y ya no está debajo de ti. Sir Isaac lo tuvo mucho más fácil, entonces el tiempo era algo separado del resto del Universo, no como ahora que forma también parte del espacio.

—Yo desde luego no sabría cómo —le dije—. Ni tampoco nadie que yo conozca, salvo que me lo hayan ocultado. Eso no nos lo enseñan en InterMundo.

Acacia se dio la vuelta de modo que nos quedamos sentados espalda con espalda. Me recosté con cierto alivio; las costillas me estaban matando.

175

—¿Qué fue lo que dijo? —me preguntó—. Dijo que no respondía ante los Vigilantes del Tiempo. ¿Y qué más?

Lo pensé, aunque el dolor casi no me dejaba pensar.

—Ah... Dijo que no necesitaba vuestra tecnología. Y que estaba... ¿anclado? No: fijado en nuestras almas.

—Esencia —dijo Acacia, con convicción—. Dijo «esencia». Que estaba fijado en tu esencia, y que la seguiría a donde fuera. Pero no es así como lo hacemos nosotros. No es la tecnología de los Vigilantes del Tiempo. Podemos seguir a la gente, pero no como...

Noté que se enderezaba de repente y su respiración se aceleraba.

—¿Acacia?

—Ellos lo hacen así —dijo con voz trémula—. Ellos lo hacen así.

—¿Ellos?

—Las cosas a las que juramos combatir. Pero él no era...

—¿Un Tecmaturgo?

Acacia se dio la vuelta, y casi me caigo al perder mi soporte.

—¿Cómo sabes de su existencia?

Me miraba fijamente. Oí el eco fantasmal de la voz de Jay: «Bórrate... se asegurará de que seas eliminado...».

—¿Cómo supe que eras una Agente del Tiempo? Pues es muy fácil. Investigando por mi cuenta.

Era cierto, al menos en parte; no sabría cómo explicarle que me lo había contado la impregnación psíquica de mi difunto mentor. Seguramente me creería, pero parecía más conveniente no contárselo.

Acacia bufó, pero yo estaba demasiado disgustado como para encontrarlo gracioso. Mi amigo era ahora un Binario. No era de extrañar que hubiera intentado matarme. Apoyé la cabeza en las manos.

—Eh, no pasa nada, Joe. Podemos arreglarle —se interrumpió un momento, y luego continuó, aunque no sin cierta reticencia—. Yo… pero eso no responde a la pregunta de cómo nos ha seguido. Los Binarios tampoco pueden viajar en el tiempo. Los únicos que pueden hacerlo son los Tecmaturgos, pero incluso ellos tienen sus limitaciones. Por eso podemos mantenerlos a raya.

—Si pueden viajar en el tiempo, ¿no podía haber vuelto uno de ellos y haberle dado ese poder?

—No pueden transferirlo así. Es mucho más complicado que eso. Cada vez que alguien intenta cambiar el curso del tiempo, se crean mundos alternativos. Si alguno hubiera estado allí, yo lo sabría.

—¿Cómo?

—Porque mi trabajo consiste en saberlo. Los tenemos vigilados muy de cerca. No son muchos, pero…

—…pero su poder es tal que podrían destruir un mundo con una sola mirada, lo sé —dije, pasándome las manos por el pelo, y agarrándolo con los puños de pura frustración—. Tengo que regresar. A lo mejor solo va tras de mí, pero InterMundo podría estar en peligro.

La sentí suspirar, sentí su cabello rozándome la nuca cuando apartó la vista.

—Creo que no deberías regresar todavía, Joe.

—¿Por qué no?

—Porque es peligroso.

Respondí con una risa que me salió más amarga de lo que pretendía.

—Cualquier sitio es peligroso ahora mismo, Acacia. Mi equipo y la mayor parte de otro regresaron vivos de milagro de una simple misión de entrenamiento. Uno de nosotros no lo consiguió. Y un Caminante acaba de seguirnos a través del tiempo, alguien que se supone que pertenece a mi equipo.

Dejé de hablar, pero no porque Acacia me estuviera hablando. Ni siquiera estaba seguro de qué decía (que me calmara, quizá, o a lo mejor intentaba explicarme por qué era peligroso). No estaba escuchando. Estaba pensando en el desprendimiento y en el virus de J/O y en el disco escudo. Estaba pensando en que J/O había estado en *stand-by* una temporada, y en que no parecía él durante la misión de entrenamiento. Estaba pensando en que seguía en la enfermería cuando firmé el registro de salida y abandoné la base.

Alguien tenía que haber regresado a la Tierra FΔ986; pero no había sido él. Había estado conectado y recuperándose hasta la misión de entrenamiento, y los sensores de Ciudad Base registraban automáticamente las salidas. Yo había visto el registro antes de marcharme; J/O no había salido de la base.

Pero había estado conectado. Había estado en la enfermería. ¿Podría haber accedido al registro, manipularlo para que su nombre no figurara en él? No, era imposible, no en ese tiempo…

Cuanto más lo pensaba, más seguro estaba: tenía que ser otra persona la que había regresado a la Tierra FΔ986. Otra persona había cogido el disco, lo había recargado y se lo había llevado para una simple misión de entrenamiento en lugar de devolverlo. Alguien que había estado en el desprendimiento y había sobrevivido.

—Hay alguien más —dije, interrumpiendo a Acacia en mitad de una frase, sin apartar la vista de J/O, que seguía Caminando e intentando encontrarnos—. Hay otro traidor en InterMundo. Y está allí en este mismo momento. Tengo que…

No la vi moverse. Lo único que sé es que sentí un

pellizco en la base de mi cuello, como si algo me hubiera picado o mordido, y entonces un agradable calor invadió todo mi cuerpo. No podía moverme. Las formas que veía a mi alrededor se volvían cada vez más difusas, una luz morada lo invadió todo de pronto y percibí el ruido de la estática.

Ni siquiera sentí que estaba cayendo, pero me enteré en cuanto me golpeé contra el suelo. Sin embargo, el dolor parecía estar muy lejos, como si esa luz violeta lo mantuviera fuera de mi cuerpo. Intenté levantarme, o al menos darme la vuelta para mirar a Acacia, pero mi cuerpo no respondía a las órdenes que le daba mi cerebro. Por un breve y pavoroso instante, recordé aquella vez que la maldecimal lady Índigo me lanzó un hechizo. Una vocecita en mi cabeza me gritaba que echara a correr, pero yo me quedé a su lado, obedeciendo todas sus órdenes. Por un momento, sentí pánico al pensar que Acacia podría haber hecho lo mismo. Pero entonces entró en mi campo visual, se arrodilló y me puso una mano en la cabeza. Parecía triste.

El suelo se desvaneció, y una vez más caímos a través del tiempo.

La sede de los Vigilantes del Tiempo —lo poco que pude ver— se parecía mucho a InterMundo. No es que Acacia me hubiera lanzado un hechizo exactamente, pero de algún modo había anulado mis funciones motoras. Apenas estaba consciente cuando sentí que volvía a tener un suelo debajo de mí. Eran baldosas blancas, que resplandecían bajo las brillantes luces que había sobre nosotros. Oía voces a mi alrededor, una de ellas la de Acacia, pero no pude entender lo que decía.

Me tenía sujeto con una especie de dispositivo antigravedad. De vez en cuando veía chispas violetas y verdes alrededor, veía brillar sus uñas mientras me llevaba por los pasillos. No sabría decir si iba andando o no, ni siquiera sabía si mis pies tocaban el suelo. Todo era muy luminoso y estaba limpio y reluciente; todos los colores eran suaves y tenían una hermosa luminiscencia. Tras cruzar unas cuantas salas nos detuvimos y me trasladaron a una especie de camilla. Ahora podía ver todo lo que había arriba, y al mirar la cúpula olvidé preocuparme por dónde estaba o qué estaba pasando.

No sabría decir si era el cielo o una claraboya o si era un cielo pintado; pero era muy hermoso. Parecía un cielo nocturno, solo que en lugar de azul oscuro era blanco, con mil atardeceres girando tras las difuminadas nubes. Las «estrellas» de aquel cielo eran azules, verdes, naranjas, de color lavanda y distintos tonos de rosa; y no había solo un sol y una luna, sino miles de ellos, pequeños y grandes. Algunas zonas se iban volviendo más oscuras, otras más claras, luego se intercambiaban, produciendo la impresión de una luz intermitente o el latido de un corazón. Y no era solo en esa sala, lo mismo sucedía allá donde fuéramos: pasillos, vestíbulos. Acacia me llevaba de un lado a otro como si fuera un paciente de camino al quirófano.

El símil resultaba inquietante.

Poco a poco, empecé a ser consciente de las voces que había a mi alrededor, hablando en voz baja. Intenté girar la cabeza a ambos lados, pero no pude. Solo podía ver unas figuras por el rabillo del ojo, confusas y vagas, como las que habíamos visto en el vértice temporal. Susurraban. El ruido de la estática se atenuó, y oí que alguien decía:

—¿Es él?

Acacia me llevó por varias salas y pasillos hasta

algo que parecía un ascensor. No sabía si subíamos o bajábamos, pero supuse que habíamos bajado cuando salimos del ascensor, porque ya no se veía el cielo. Y ya no había tanta luz. Las paredes eran grises en lugar de blancas.

Y había barrotes.

Acacia me pasó a través de unos barrotes a una habitación pequeña. Volví a sentir el aire sobre mi piel; la temperatura era neutra, ni caliente ni fría. Ya podía mover la cabeza y doblar los dedos. Vi que Acacia atravesaba los barrotes de nuevo de la misma forma, como si fuera un fantasma. Vi apagarse un momento la luz verde de sus uñas cuando se agarró a los barrotes —que parecían macizos.

—Lo siento, Joe —dijo. Y se marchó.

Ya podía moverme de nuevo. Y era un prisionero de los Vigilantes del Tiempo.

Capítulo doce

—*E*stá intentando ayudarte.

Mi guardia era un hombre que no se parecía en nada a mí, y me llevó algún tiempo acostumbrarme a eso. En realidad, parecía un hombre normal, como los que te cruzas por la calle en el mundo del que vengo; podría ser un policía o un ejecutivo. Era alto, y no me había mirado ni una sola vez desde el momento en que se plantó como un objeto inamovible delante de mi celda.

No he dicho «puerta» porque allí no había ninguna, al menos que yo viera. Los barrotes eran muy simples, iban desde el suelo hasta el techo, y no vi nada parecido a unas bisagras por ningún sitio. La primera vez que entré, la celda me había parecido bastante compleja; había sentido mi paso a través de los barrotes como un momento de fría niebla, y cuando Acacia me dejó allí vi ondularse los barrotes por un momento, como cuando tocas el agua.

Llevaba horas allí aparcado, incapaz de hacer otra cosa que caminar arriba y abajo, y mi guardia —hasta ahora— no se había prestado a conversar.

—¿Por qué dices eso? —Ante la falta de respuesta, sentí que mi mal humor aumentaba de golpe—. Oh, venga. Llevas horas haciendo de estatua; ahora que has empezado a hablar, no puedes dejarme así. ¿Por qué crees que está intentando ayudarme?

—Ella misma lo ha dicho.

Hice un gesto señalando a mi alrededor.

—¿Y en qué me ayuda esto, exactamente?

—Aquí estás a salvo.

—¡Yo no he pedido que me mantengan a salvo!

—Es su trabajo.

No pude evitar pensar en lo que me había dicho Jay a través de Tono, y respiré hondo antes de preguntar.

—¿Y su trabajo consiste en…?

—En protegerte.

—Su trabajo es proteger el futuro —repliqué—. ¿Dónde dice que eso incluya electrocutarme y encerrarme en una celda?

Se volvió entonces hacia mí y me miró a los ojos por primera vez desde que llegó.

—Tú eres el futuro, Joseph Harker.

Se me hizo un nudo en el estómago, y de repente mi lengua se me antojaba demasiado grande para mi boca. Yo era uno más dentro de un ejército; un ejército de yoes, sí, pero esa era la clave. Todos ellos eran yo. Tenía que referirse a todos nosotros. Tenía que referirse a InterMundo, ¿no?

No tengo ni idea de qué habría respondido si hubiera tenido ocasión de responder. Sin embargo, en ese mismo momento, un hombre grande con un traje negro llegó por detrás del guardia y le puso una mano en el hombro. El guardia dio un respingo; por un momento pensé, por su expresión, que estaba siendo atacado. Retrocedió un paso, se giró e inclinó la cabeza, y después se marchó sin decirme ni adiós.

El hombre del traje era alto y musculoso, y llevaba

gafas de sol con cristales de espejo y un pinganillo en la oreja. La verdad es que se parecía tanto al típico guardaespaldas que esperaba que alguien más viniera con él, quizá un tipo bajito con pinta de pez gordo o una mujer con una tiara de diamantes. Pero venía solo, y sé que me miró porque me hizo un gesto, y parte de los barrotes se evaporaron sin más.

—Tienes que venir conmigo, Joseph Harker. —Sus labios no se habían movido, pero de algún modo supe que era él quien hablaba. ¿Cómo?, no estoy seguro, pero he visto cosas mucho más extrañas en el tiempo que llevo en InterMundo.

—¿Dónde está Acacia?

—No la encontrarás aquí si intentas escapar. No te molestes.

Asentí con la cabeza. Cuando alzó la mano para hacer otro gesto en dirección a los barrotes, me agaché y salí corriendo. Puse la mano sobre el disco escudo que llevaba en el cinturón, y lo activé por si intentaba detenerme con una pistola láser o algo así, aunque no entendía por qué Acacia me había permitido conservarlo; y de repente me vi otra vez tumbado de espaldas, mirando al guardaespaldas. Se había materializado ahí sin más, delante de mí, y ni siquiera vi cómo lo hizo. Era casi como si hubiera Caminado, aunque yo no había percibido ningún portal...

—No te molestes en intentar huir —volvió a decir, exactamente en el mismo tono que había usado antes. Parecía aburrido.

Extendió una mano hacia mí. Rodé de costado, pero sentí que me agarraba por la parte de atrás de la túnica, y me alzó en el aire, como si yo no pesara absolutamente nada. Esta vez ni siquiera estaba envuelto en aquella luz verde; no era un campo de esos que repelen la gravedad, o lo que fuera que hubiera utilizado Acacia. Empecé a darle patadas, sin saber muy bien qué podía esperar esta vez. Me imaginé que sabría algún truco para contraatacar, pero por qué no iba a probar suerte igualmente.

Mi pie golpeó lo que debía de ser un tronco nervioso en su muslo, pero él... no reaccionó. Ni lo más mínimo. Sentí la carne bajo su ropa, pero no se encogió, ni hizo la más leve mueca, ni dijo nada. Por fin, imaginando que lo mejor era darme por vencido de verdad, extendí las manos en señal de rendición.

El hombre me dejó otra vez en el suelo, pero no me soltó la camisa. Tampoco me importó; realmente no tenía intención de escaparme otra vez. No si existía la posibilidad de toparme con más como él, e imaginaba que así era. Mejor recabar antes un poco de información sobre dónde estaba.

—¿Adónde voy? —Al ver que no respondía, insistí—. Has dicho que tenía que ir contigo. ¿Adónde vamos?

—A la Ciudad Base de InterMundo. —Su tono no denotaba emoción alguna.

—Oh. Podrías habérmelo dicho cuando me sacaste de la celda. No habría intentado escapar.

Siguió sin decir una palabra, así que me dediqué a examinar el lugar mientras caminábamos por los pasillos.

Como antes, los pasillos eran grises y sin colores, y en algunos tramos había barrotes desde el suelo hasta el techo. Al principio me pareció que las celdas estaban vacías; luego reparé en que dentro de ellas había extrañas sombras, algunas con forma humana y otras no, algunas en movimiento y otras sentadas (o al menos quietas; algunas eran tan amorfas que era imposible sa-

185

berlo). Escuché, pero no oí nada. Era más que inquietante.

Recorrimos varios pasillos así, mi escolta justo detrás de mí agarrado a mi camisa, hasta que por fin llegamos a la parte donde el «cielo» era de color pastel. Esta vez no hubo ascensor. Simplemente caminamos por los pasillos hasta que llegamos a una sala más grande, mejor iluminada, con ese cielo en el techo. En lo que a mí respecta, habíamos andado todo el rato en línea recta, pero de algún modo llegamos a una de las plantas superiores. A menos que las plantas inferiores también tuvieran ese cielo-claraboya-techo o lo que fuera. No estaba seguro.

La sala estaba vacía, y aproveché la ocasión para mirar a mi alrededor según entramos. La última vez que estuve allí solo pude mirar en una dirección, si es que estábamos en la misma zona de antes. Las paredes casi parecían las del vestíbulo de un bonito hotel; la sala era circular y las paredes de un color entre beis y rosa. Había obras de arte colgadas en ellas, marinas abstractas, faros, pájaros en pleno vuelo. Miré hacia abajo, siguiendo las líneas doradas que había en el suelo hasta que reconocí el dibujo como una estrella náutica. Parecía muy adecuada, teniendo en cuenta el tema de los cuadros.

—¿Por qué me envían de vuelta a casa, si Acacia me dijo que no era seguro?

—El consejo así lo ha decidido.

—¿Tú formas parte del consejo?

—No.

—¿Quiénes lo forman?

—Los consejeros.

El tono de su voz seguía careciendo de cualquier emoción, las palabras salían de su impasible rostro no sé bien cómo, pero estaba casi seguro de que estaba siendo sarcástico.

—¿Y quién eres entonces?

—Tu guía. Cuidado dónde pisas.

Miré hacia abajo; efectivamente, había un escalón antes de entrar a la siguiente sala, si es que era una sala. El suelo era completamente negro, hasta el punto de que no sabía muy bien si mi pie entraría en contacto con algo. Resultó que sí era un suelo, y parecía más duro que el mármol por el que había estado andando hasta ahora.

—Buena suerte, Joseph Harker.

Me soltó la camisa y me volví a mirarle; allí no había más que oscuridad. Extendí una mano y rocé una sólida pared que tenía la textura de la estática. La sala era completamente negra, pero podía ver mi mano y mi brazo con la misma claridad que si estuviera a plena luz. Podía ver todo mi cuerpo hasta los pies cuando miraba hacia abajo, pero estaba rodeado de oscuridad por todas partes.

Muestra extraída.

No estaba seguro de a quién pertenecía aquella voz, pero las palabras se quedaron como flotando en el silencio.

Línea temporal encontrada. Mapeando el camino.

Una lucecita apareció en mi visión periférica, luego otra, y otra, hasta que me vi rodeado por un campo de estrellas que reconocí enseguida. Constelaciones que llevaba no sé cuánto tiempo sin ver. La Osa Mayor y la Menor, Orión, Casiopea, el León. La Estrella Polar.

No me percaté de que estaba sonriendo hasta que empezaron a moverse, girando a mi alrededor hasta producir un flujo constante de luz, y luego —la sensación era lo bastante familiar como para reconocerla— caí a través del tiempo.

El aterrizaje no fue fácil esta vez.

Si bien las otras veces tampoco lo fueron, con la vomitona que me provocó la primera y el hecho de verme prisionero la segunda. El caso es que las dos veces había permanecido consciente.

No sé cuánto tiempo estuve inconsciente, ni por qué lo estuve. Solo sabía que mi cama estaba hecha de rocas, guijarros y esquirlas de cristal, y la boca me sabía a sangre cuando desperté. Me dolía la cabeza como si alguien me la hubiera metido en una prensa, y lo veía todo tan borroso que apenas podía distinguir nada.

Lentamente, me fui incorporando hasta ponerme de pie. El aire olía a humo, y no sabía dónde estaba, pero reinaba un silencio absoluto.

Algo no iba bien. No es que mi guardia hubiera hablado mucho, pero recordaba que me había dicho que me mandaban de vuelta a InterMundo. ¿No había llegado aún? ¿Tenía que Caminar primero a alguna otra parte?

Mi vista empezaba a aclararse, lo que me permitió distinguir algunos detalles aquí y allí. El sol brillaba en lo alto, lo que no solo agravaba mi dolor de cabeza y el lagrimeo de mis ojos, sino que contradecía por completo la imagen mental que me había hecho cuando percibí el olor a humo. Había imaginado que estaría cubierto, oscuro. No había humo por ninguna parte, ni fuego, pero noté que tenía ceniza en las manos cuando me las froté. Estaba en lo que debió de ser un jardín, un sendero de grava y arena (y ceniza y cristal…) que avanzaba por entre los retorcidos y chamuscados restos de árboles y arbustos.

La gravilla crujía bajo mis pies mientras caminaba despacio, mirándolo todo. Al mirar entre los abrasados árboles que flanqueaban el sendero, pude ver unas cajas largas de forma rectangular repartidas por el jardín. Unas cajas largas y plateadas. Se parecían mucho a los ataúdes que habían contenido los cadáveres de Jay y de Jerzy.

Eché a correr.

Había una estructura un poco más adelante, una entrada, y sabía de antemano que iba a estar justo ahí. Había pasado por allí con Jo tras el funeral de Jerzy, reprochándome el no haberla cogido de la mano.

La puerta no se abrió automáticamente al acercarme; de hecho no había puerta, solo un retorcido amasijo de metal que bloqueaba parcialmente la entrada. La salté, esperando que aquella voz enloquecedoramente tranquila me reconociera y me saludara. Pero lo único que me recibió fue el silencio.

Los pasillos no me resultaban familiares, y sin embargo sabía exactamente adónde ir. El ordenador estaba desconectado, los mecanismos no eran más que simples motores y ruedas sueltos. No había electricidad. No había electricidad en toda la base: si veía era únicamente por los rayos de luz que se filtraban a través de los agujeros de las paredes y del techo, el polvo y la ceniza se arremolinaban a mi paso. Cuando se pusiera el sol, me quedaría completamente a oscuras.

Me encontré una pistola láser tirada en un pasillo y la cogí; me alegré de sentirla en mi mano, hasta que se hizo pedazos. Literalmente. Se rompió en dos. El metal de la culata estaba oxidado. Me quedé parado en mitad del pasillo un momento, parecía imposible el más mínimo ruido en medio de aquel silencio, pero no se movió nada. Nada en absoluto.

Corrí más deprisa, recorriendo los pasillos a toda velocidad y saltando sobre los escombros, atravesando puertas y doblando esquinas. Por más que todo pareciera distinto, las cosas me seguían resultando dolorosamente familiares; sabía exactamente dónde estaba todo. Llegué hasta el despacho del Anciano sin equivocarme ni una sola vez.

Allí parecía todo más chamuscado. Los muebles estaban volcados, era evidente que los habían utilizado como barricada en algún momento. El inmenso escritorio plateado de Josetta estaba en su sitio, aunque lleno de quemaduras de láser que deslucían su superficie. Las butacas afelpadas y la alfombra oval habían quedado reducidas a polvo y cenizas. La puerta del despacho del Anciano estaba en el suelo, oxidada y salpicada de unas escamas secas que no quise inspeccionar más de cerca.

Todo el mundo había desaparecido.

InterMundo había sido destruido.

Capítulo trece

Me acordé de cuando me quedé sentado en la superficie de un planeta desconocido, con el cadáver de Jay a
mi lado, y me eché a llorar. Lloraba la pérdida de alguien a quien acababa de conocer, de alguien que sin
embargo me había salvado la vida una docena de veces.
Lloraba por mí, por la soledad de saber que había cambiado para siempre. Por la familia que seguramente no
volvería a ver nunca. Por lo diferente que era todo.
Lloré hasta que una sombra me sobrevoló, e Inter-
Mundo vino a buscarme y a llevarse a Jay de vuelta a
casa.

Esta vez lloraba la pérdida de mi hogar, el segundo
del que había tenido que despedirme. Lloraba la pérdida de mi segunda familia, incluso la de los que no había llegado a conocer ni siquiera demasiado bien. Lloraba por haber llegado demasiado tarde.

Lloraba por la traición de Acacia.

Al cabo de un rato me puse de pie, y me sacudí la
ceniza de las manos para poder secarme las lágrimas.
Salté por encima de la puerta y entré en el despacho del
Anciano. Estaba manga por hombro: su escritorio vol-
cado, los papeles desperdigados por todas partes. Pensé
en echarles un vistazo, luego decidí que no me impor-

taban. No había luz suficiente para leer allí, probablemente ni siquiera había la suficiente luz como para encontrar lo que quería, pero miré de todos modos. Busqué la foto que había visto antes, la del Anciano y Acacia. Esperaba encontrar allí la explicación de por qué yo había confiado en ella, por qué el Anciano había confiado en ella...

La foto no me explicó nada, porque no llegué a encontrarla. Pero cuando puse la mano sobre el escritorio del Anciano, lanzó un destello de luz azul, tan luminoso que tuve que apartar la vista. Sentí un subidón de adrenalina; era la primera cosa que interactuaba conmigo desde que llegué. Inmediatamente me puse de pie, con la espalda contra la pared, intentando recordar cualquier cosa sobre los sistemas de seguridad del Anciano.

La luz había empezado a condensarse, dividiéndose en partes, formando garabatos, luego letras y por fin palabras.

Joey Harker —decían—. *No cedas al pánico.*

El escritorio del Anciano me estaba hablando...

Señal rastreada —decía—. *Mismo mundo, mismo plano; en el futuro. Miles de años.*

Sentí que mis rodillas flaqueaban de puro alivio. Estaba en el futuro; no es que fuera ideal, yo no quería que ese fuera el futuro de InterMundo, una ruina sin más habitantes que las cenizas y el eco, pero era mejor que si hubiera sucedido mientras aún estaba vivo. Para mí, al menos. Seguí leyendo.

Colocando un detonante en este mensaje; si estás leyendo esto, es que has encontrado el despacho del Capitán Harker. No sé cómo será IM en el futuro. Ve a la sala de babor si puedes. Enviando ayuda. Tendremos que adivinar tu ubicación en el tiempo. ¡No toques nada más!

192

Buena suerte,
Josetta

Respiré hondo, pero no sucedió nada más. Al cabo de unos momentos las letras se desvanecieron; toqué el escritorio de nuevo y obtuve el mismo resultado, las mismas palabras. Así que no era en «tiempo real», por así decirlo, era un mensaje pregrabado. Seguramente Josetta usó el rastreador cuando vio que no regresaba, y dejó preparados el mensaje y el detonador para mí. Lo único que me preocupaba realmente era cuánto tiempo había pasado hasta que decidió buscarme...

Miré los papeles desperdigados por el suelo, seguía tentado de ponerme a buscar aquella foto... pero Josetta había dicho que no tocara nada, y no me cabía la menor duda de que tendría algún modo de saber si lo había hecho o no. Dejé la habitación tal como estaba.

La sala de babor se encontraba, como ya he dicho, al fondo a la izquierda. El despacho del Anciano estaba en el centro, más o menos; podía llegar allí en diez minutos, o en cuatro, si echaba a correr. Me pregunté qué clase de ayuda me enviaría. Los Caminantes no podían viajar en el tiempo, ni InterMundo tampoco; y aunque pudiera, no podía viajar a sí misma en el futuro. No podía usar la sala de babor para regresar allí desde aquí, ¿no?

—Y aunque pudiera, no hay electricidad en la base —murmuré, sintiéndome algo mejor al romper el silencio. No me preocupaba demasiado que alguien pudiera venir a buscarme; no se oía un ruido en toda la base, y yo había sido entrenado hasta el aburrimiento sobre la importancia de mantener los sentidos en alerta y controlar el entorno. Estaba solo en medio de un mundo muerto, el que una vez fuera mi hogar.

No podía evitar preguntarme si habría otros mensajes para mí, diseminados por el mundo o en otras naves. Probablemente no, ahora que lo pensaba. Josetta seguramente sabía que el primer lugar al que iría sería al despacho del Anciano. No era solo una cuestión de instinto, era el protocolo. Sin embargo, sentía curiosidad por saber qué había pasado allí; y, como Agente de InterMundo, ¿no era mi deber averiguarlo? A lo mejor podíamos tomar las debidas precauciones, algo que pudiera evitar todo esto…

—Pero ella ha dicho que no tocara nada…

Iba caminando por un pasillo que debía de haber sido usado como cuello de botella cuando los atacaron (nos atacaron) aunque allí no había ningún cadáver. Pese a todos los signos de lucha y el mensaje de Josetta, no había encontrado ni una sola prueba de que allí hubiera habido nunca un ser viviente. No sabía qué pensar acerca de eso.

Pensé en los ataúdes de fuera, todas esas cajas plateadas que nos llevaban a casa cuando moríamos, estuviera donde estuviese esa casa. Quizá debería haber mirado dentro. La sola idea me dio escalofríos.

Todavía me faltaban uno o dos pasillos para llegar a la sala de babor cuando me detuve, al sentir que mi mano rozaba algo que estaba clavado a la pared. Entorné los ojos; apenas había luz, solo el sol del atardecer que entraba por una grieta, pero pude distinguir las palabras «lo siento» escritas en letras bien grandes. Me quedé mirándolas, mirando el papel clavado a la pared de cualquier forma, y cuando mis ojos se acostumbraron a la penumbra descubrí que había otro. No decía nada, solo era un dibujo de una chica pelirroja con pecas. Al lado había un collar que colgaba sobre una servilleta bordada.

La luz roja que entraba desde el exterior incidía sobre algún metal, iluminando el pasillo con una luz tenue. Más notas, trozos de tela y otros objetos diversos adornaban aquella pared, y me di cuenta de que no era una pared, sino el Muro, con las cosas que se habían ido añadiendo en los últimos años —siglos.

El Muro. Me quedé mirándolo, asimilando las caras de aquellos Caminantes que estaban muertos y aún no habían nacido, que ya no eran más que recuerdos pese a que nunca había llegado a conocerlos.

Y entonces me di cuenta de que estaba a cinco pasillos de la enfermería, donde comenzaba el Muro. Ni siquiera había llegado aún a los vestuarios, y el Muro se había extendido hasta allí. Y si también se había extendido por el otro lado…

Quería protegerlos a todos, a esos héroes que no había llegado a conocer, a esos niños que eran como yo. Quería salvarlos. Prometí al vacío aire que lo haría, de algún modo. Algún día.

Un destello de luz inundó el pasillo por un instante, lo que me permitió contemplar el Muro en todo su esplendor. Luego se apagó, y me quedé sumido en la oscuridad. Aquel destello, aunque breve, me había deslumbrado y veía peor que antes. Entorné los ojos y me senté en cuclillas apoyado en la pared, con la vista clavada en la puerta. Seguramente aquello había sido lo que Josetta me había enviado, aunque yo esperaba que me mandara un objeto, y mis sentidos me decían que allí había movimiento, algo se movía y no era yo. Me hubiera gustado tener un arma láser. O un emisor. Llegados a este punto, incluso me habría conformado con un palo terminado en punta.

Las motas de polvo que flotaban en la agonizante luz se arremolinaron agitadas cuando algo se movió en

195

el umbral de la puerta, una forma oscura que solo podía ver a medias. Me quedé completamente quieto, observando y esperando mientras aquello flotaba en la oscuridad y luego se balanceaba hacia delante; entonces lo reconocí.

—¡Tono!

En mi vida me había alegrado tanto de ver a alguien. Mi amigo el pequeño fóvim se iluminó, se volvió luminiscente en medio de la penumbra; era como tener un globo que además era una lámpara.

Corrí a su encuentro, y sin el más mínimo pudor lo rodeé con mis brazos, pero él se liberó de mi abrazo y se puso de color azul a modo de disculpa. Todo menos una parte, en realidad; había una zona del tamaño de mi mano aproximadamente que seguía teniendo un color rojizo, pese a los colores que mostraba el resto de su cuerpo. Si fuera un ser humano, habría dicho que parecía una quemadura.

—¿Estás herido, Tono?

Se balanceó sutilmente, y luego se estiró un poco, como había hecho en el Entremedias cuando me protegió del láser de J/O.

—Oh… cuánto lo siento, amigo. Pero lograste salvarme.

Tono se volvió de color rosa —salvo la zona enrojecida— y se dio la vuelta para ir hacia la sala de babor.

—¿Adónde vas? —Se detuvo, volvió a balancearse y luego continuó, y era evidente que esperaba que yo le siguiera. Dudé un momento—. ¿Me llevas de regreso a InterMundo? Quiero decir, ¿a *mi* InterMundo?

Tono se iluminó. Volví a dudar.

Quería regresar, creedme. Quería borrar el recuerdo de esa base en ruinas, volver a la realidad de las clases y a mi pequeño camarote, volver a ver a mis compañeros. Quería ver la cantina iluminada, aunque estuviera llena de Caminantes preguntándome por mi novia —que ahora no la quería ni regalada, desde luego— pero por más que deseara volver, sabía que no podía hacerlo. Todavía no.

—Espera, Tono. No puedo volver todavía.

Se detuvo, flotando dubitativo. Si regresaba ahora, me detendrían y me interrogarían. Me preguntarían adónde había ido y por qué, y tendría que explicarles lo de Acacia, y tampoco estaba seguro de qué podía contarles sobre lo de Jay. Ni siquiera estaba seguro de si podía hablarles de Acacia.

—Acacia dijo que no era seguro volver allí —dije, saliéndome por la tangente sin apartarme del todo de la verdad. Tono parpadeó con inquietud—. No sé por qué, pero tengo que averiguarlo. Tengo que ir a buscarla. Tú puedes llevarme allí, ¿verdad? Por eso Josetta te ha enviado a buscarme. Eres una forma de vida multidimensional, y el Entremedias existe en todas las épocas. En ese sentido, el tiempo también es una dimensión. Fue el primer lugar al que me llevó Acacia, al Entremedias, solo que en una época diferente. ¿Podrías llevarme hasta allí?

Una espiral multicolor en la superficie de Tono parecía indicar que no estaba muy seguro, y me dio la impresión de que estaba pensando.

—Sé que Josetta te dijo que me llevaras de vuelta, pero ella no sabe lo que está pasando. Hay peligro allí, y no sé lo que es. Tengo que encontrar a Acacia para que pueda contármelo.

Era verdad. No es que quisiera regresar a los Vigilantes del Tiempo, ni mucho menos, pero cualquier cosa era mejor que InterMundo (entonces o ahora). No podría ayudar a nadie si me encerraban o me expulsaban de nuevo. En cuanto llegara al Entremedias, yo… bueno, ya se me ocurriría algo.

—Por favor, Tono.

La espiral multicolor giró más deprisa, dando lugar a una especie de marrón que lentamente fue aclarándose hacia el rojo. No le gustaba la idea, pero lo haría. O eso esperaba.

Cambió de forma, se hizo menos esférico y más… líquido. Se escurrió hasta el suelo, se arrastró alrededor de mis pies y… se estiró sobre mí, más o menos. Me recordó aquella vez que me puse el traje de encuentro de Jay, después de su muerte. Me había dado miedo cuando se arremolinó en torno a mi cuerpo; ahora no me dio tanto miedo porque conocía a Tono y confiaba en él, pero aun así resultaba muy inquietante.

Era como si alguien me estuviera cubriendo de Blandiblub, para que os hagáis una idea. O como si me estuvieran pintando, aunque Tono no estaba frío ni nada. No tenía temperatura, de hecho, y eso lo hacía todavía más raro.

Miré hacia el Muro mientras Tono subía por mis hombros, mi cuello, mi boca. El sol se estaba poniendo y sus últimos rayos iluminaron la primera nota que encontré: «lo siento».

Ahora que lo pienso, quizá habría sido más inteligente por mi parte regresar a InterMundo. Puede que me hubieran detenido para interrogarme, pero al menos habría podido conseguir un poco más de equipamiento. En los últimos días había estado deambulando por el Altiverso sin ni siquiera un guante láser de un solo disparo, y me estaba cansando ya de tener que buscar armas improvisadas. Probablemente no habría estado de tan mal humor si hubiera tenido cerca algún arma con la que pudiera apañarme, pero de momento, mi mejor opción era una silla de madera.

—¡Tienes que irte! —volvió a gritar Acacia, que seguía forcejeando para liberarse de los cables que se enrollaban alrededor de su cuerpo—. ¡Sal de aquí!

Aunque esperaba que Tono se limitara a llevarme a través del Entremedias, a teletransportarme o lo que hubiera hecho para salvarme de los Maldecimales, no había sucedido nada cuando me envolvió por completo. Bueno, nada salvo que entonces pude ver a los zeptosegundos. Era como mirar a través de un caleidoscopio que hacía que la teoría de las cuerdas pareciera un juego de niños. En realidad no me guio, sino que más bien me permitió ver el camino. Y descubrí que, mientras Tono me envolviera como una segunda piel, podía Caminar a cualquier sitio. Tiempo, espacio, relatividad... era todo lo mismo, todo estaba a tiro de piedra.

Había mirado hacia atrás y había visto el tiempo, el lugar al que pertenecía, y había saltado varios milenios de una vez. Era como dar mis primeros pasos.

Había tenido la impresión de InterMundo; no como si realmente lo sobrevolara, sino más bien como si supiera que estaba ahí, lo percibí como cuando sientes que tienes a alguien al lado sin necesidad de mirar. Sabía que estaba allí y lleno de yoes, de mis paraencarnaciones, pero se veía borroso. Algo flotaba sobre él, una nebulosidad que ya había notado antes, cuando mi equipo y yo estuvimos presos en el Maléfico, cuando encontramos las almas de los Caminantes muertos, encerrados en tarros de cristal, sirviendo de combustible al barco...

La energía crepitaba en el aire como si fuera estática, y podía seguirla. Como un sabueso siguiendo un rastro, lo seguí hasta su fuente. Debería haberme dado cuenta desde el principio.

Tierra FΔ986. Donde habíamos «rescatado» a Joaquim.

Ya estaba allí cuando entré Caminando, y la energía se arremolinaba en torno a él como si fuera electricidad. Estábamos en la misma habitación en la que lo habíamos encontrado; estaba de pie junto a la ventana que Jo había roto para poder llevárselo y ponerlo a salvo, y una energía extraña vibraba en el aire. El edificio entero latía como un corazón, como mil corazones.

—Hola, Joey —me dijo, con una sonrisa, y entonces fue cuando vi a Acacia.

Estaba sujeta con cables y circuitos, fuertemente amarrada contra la pared del fondo y no tenía muy buen aspecto. La vi porque gritó, y su voz sonaba con más fuerza de la que ella aparentaba. Probablemente era la rabia la que le daba esa fuerza.

—¿Joe-qué-demonios-haces-aquí? —dijo como si fuera una sola palabra, enfatizando sutilmente mi nombre y la contenida palabrota.

Bueno, si cabrearse conmigo ayudaba a que se mantuviera consciente, no me importaba en absoluto seguirle la corriente. Tampoco es que yo estuviera muy contento con ella, la verdad.

—Solo intento averiguar por qué me has traicionado, Casey. Parece que eso se lleva mucho últimamente —dije mirando a Joaquim, que frunció el ceño.

—Lo siento —dijo Joaquim, y luego se volvió hacia Acacia, que había empezado a forcejear y escupir maldiciones—. Por favor, cállate —le dijo educadamente, aunque su ruego fue seguido de una descarga eléctrica de los cables.

Acacia se calló, pero solo después de emitir un estrangulado y dolorido ruido que me encogió el estómago. Fue más o menos en ese momento cuando empecé a lamentar no haberme parado a coger algún arma.

Tono ya no estaba envuelto a mi alrededor; sabía que andaba por allí, pero no podía verlo por ninguna parte. Lo único que llevaba encima era el disco escudo —completamente cargado todavía, pues no lo había usado para nada, salvo cuando intenté fugarme de los Vigilantes del Tiempo, y ya recordaréis lo bien que me salió— y la bandera que había ido a buscar para colocarla en el Muro de Jerzy, a modo de homenaje. Sin embargo, Joaquim tenía una pistola láser y ese extraño halo a su alrededor. Parecía una especie de nebulosa —como si estuviera en medio de un campo de estrellas—, pero era demasiado siniestro como para ser bonito. Me resultaba familiar y a la vez sutilmente aterrador, como una de esas pesadillas que te persiguen desde niño, esas que luego no recuerdas hasta que estás casi dormido. No sabía qué daño podía hacerme, aparte de ponerme los pelos de punta, pero tampoco es que me muriera de ganas por averiguarlo.

—No sabes cuánto me alegro de que no seas uno de nosotros —le dije, intentando ignorar el forcejeo de Acacia que trataba de levantar la cabeza—. Nunca me has caído bien.

—Entrenamiento Básico sección tres cero uno: Tácticas de Improvisación para Situaciones de Rehenes, capítulo dos, Guerra Emocional; intenta que tu oponente pierda los estribos. —Sonrió, y pareció como si se disculpara, pero a la vez resultaba insoportablemente engreído. Confiaba en que yo no diera esa imagen cuando me ponía petulante—. Soy uno de vosotros, Joey.

—Imposible. ¡Yo jamás traicionaría a uno de nosotros! —quería haber dicho más cosas, pero se echó a reír y me interrumpió.

—Sí, claro que lo harías. Si tuvieras un buen motivo, si supieras que es la única manera... lo harías, no te lo pensarías ni un segundo.

—Jamás —dije con mucho énfasis, aunque una pequeñísima duda surgió en mi mente.

Nunca le haría daño a ninguna de mis paraencarnaciones ni a InterMundo; pero ¿sería capaz de traicionarlos para salvarlos, si no tenía más remedio? Sinceramente no lo sabía, pero seguí discutiendo igual, sintiendo la rabia al rojo vivo en el estómago. Todas aquellas palabras amables diciendo que me creía, que estaba impaciente por trabajar con el equipo...

—Es imposible que seas uno de nosotros. Uno de nosotros no podría traicionarnos nunca. Lo sabríamos. Lo sentiríamos. No somos simples primos o hermanos, somos...

Intentaba encontrar una manera poética de expresarlo, algo que supusiera anotarme el tanto, pero él se reía. Se reía, y era difícil agarrarse a esa idea cuando tenía la prueba de lo contrario justo delante de mis narices.

—¿Intentas convencerme? Siéntelo, Joey. Soy uno de vosotros; puedes sentirlo —Joaquim volvió a sonreír, abriendo los brazos y dando un paso hacia mí; y aquí fue donde empezó la escena, con Acacia gritándome que me fuera. Antes he mencionado una silla de madera, ¿verdad? Es porque estaban al lado de la ventana, y Joaquim también, y la ventana seguía rota cuando llevamos a cabo el arriesgado «rescate».

Activé mi disco escudo y corrí hacia él. Él hizo ademán de volverse y extendió una mano, y Acacia volvió a gritar. Había dado por supuesto que Joaquim sacaría su pistola, pero se limitó a sonreírme con aire malévolo, mientras el campo de estrellas se fusionaba entre sus dedos, haciendo que saltaran chispas en la palma de su mano. Sentí un intenso calor, pero fuera lo que fuera lo que hiciese no logró detenerme. Agarré una silla y la lancé con todas mis fuerzas sin dejar de correr. Le dio de lleno, y cayó por la ventana que tenía justo detrás. Lo único que sentí fue que el cristal ya estuviera roto de antemano. Me habría quedado más a gusto de esa forma, pero al menos me dio algo con lo que pude liberar a Acacia.

Corrí hacia ella y corté los cables con un trozo grande de cristal. Algunos eran gruesos, otros eran simples cables telefónicos que corté con facilidad.

En cierto modo esperaba un agradecimiento, o como mínimo un gesto con la cabeza, antes de que empezara a decirme lo que tenía que hacer.

Lo que no me esperaba era recibir un bofetón.

—¿Y eso, por qué?

—Por llamarme Casey —me dijo, pero luego me abrazó. Tampoco tuve tiempo para disfrutarlo, porque aún me dolía el bofetón y sus brazos solo me rodearon un segundo antes de que se apartara con cara de ir a darme otro bofetón—. Tú no tendrías que estar aquí, te dije que…

—No me dijiste nada, Acacia. Me apuñalaste por la espalda y me secuestraste, y por si fuera poco, me dejaste tirado…

—Yo no te he apuñalado nunca —protestó.

—¡Semántica! Todavía…

—Da igual, podrías cerrar la boca un…

—¡Oh, qué bonito! —Era la voz de Joaquim, sonaba más alta y en cierto modo… más potente que antes. Los pelillos de la nuca se me pusieron de punta mientras la habitación se llenaba de energía, un viento que salía de no se sabe dónde. Automáticamente me puse delante de Acacia, que me dio un codazo en las costillas —que todavía me dolían, muchas gracias— y se puso a mi lado. Ambos miramos hacia la ventana.

Joaquim estaba fuera, y estaba como… volando. Bueno, flotando. Estaba suspendido en el aire justo delante de la ventana, y cientos de chispitas azules volaban a su alrededor tan deprisa que parecía que tuviera una especie de campo de fuerza. Se reflejaban en los trozos de cristal que quedaban en el marco de la ventana y en el suelo, creando un vertiginoso remolino de luz, como si fuera el centro de un sistema solar.

—Pobre Capitán Harker —dijo Joaquim, que seguía… flotando en el aire—. A veces te echa muchísimo de menos —le dijo a Acacia; por un momento dio la impresión de que hablaba con auténtica empatía—. No le culpo, sabiendo lo que va a suceder.

Miré a Acacia, buscando algún indicio de comprensión o reconocimiento. No parecía estar muy segura.

—¿De qué estás hablando? —dijo—. Es imposible que conozcas el futuro; no eres más que un Caminante.

Me ofendió aquello de «no eres más que un Caminante», pero también me ofendió que dijera eso de Joaquim.

—Él no es un Caminante.

—Te equivocas —dijo Joaquim—. Los dos os equivocáis. La energía del Capitán Joseph Harker fluye a través de mí, y eso incluye algunos de sus recuerdos. Te apreciaba mucho, ya lo sabes.

Acacia se quedó callada, aturdida e insegura, pero

yo no le estaba prestando atención a ella. Tampoco se la prestaba a Joaquim. Estaba mirando las lucecitas azules, el remolino de estática y emoción que lo rodeaba. Estaba recordando la última vez que había visto unas lucecitas azules como aquellas, y al recordarlo me puse enfermo.

Lo que estaba mirando eran las almas de los Caminantes muertos.

Capítulo catorce

—¿*T*e encuentras bien, Joey? Pareces un poco mareado

Era difícil saber si estaba siendo sarcástico o no, pero en realidad me daba igual.

—Tú me pones enfermo —dije, pero lo cierto es que era así como me sentía. Hacía demasiado calor y me pesaban las extremidades. Estaba cansado, y aturdido por el descubrimiento de que Joaquim no era uno de nosotros, era todos nosotros. Todos los Caminantes que en algún momento fueron capturados...

—Por fin lo has entendido —seguía sonriéndome, y las lucecitas azules, las almas, giraban a su alrededor y lo transportaban a través de la ventana rota. Sus pies tocaron el suelo y las almas dejaron de girar tan rápido, aunque una muda excitación seguía flotando en el aire. *¡Somos libres!* —decían—. *¡Úsanos! ¡Podemos ayudarte!* Me pregunté si tendrían la menor idea de para qué los estaban usando, que los estaban convirtiendo en traidores como él. No creía que quedara lo suficiente de ellos como para saberlo.

—¿Dónde los encontraste?

Separé un poco los pies, tratando de recuperar mi centro de gravedad. El suelo parecía moverse bajo ellos, como si estuviera a bordo de un barco en medio de un mar en calma. Los Maldecimales guardaban a los Caminantes que capturaban en tarros, después de hervirlos hasta dejarlos reducidos a su esencia... pero ahora no estábamos enfrentándonos a los Maldecimales, sino a los Binarios. Su estilo era inconfundible. Los Binarios congelaban en carbonita a los Caminantes que capturaban, los conectaban a una especie de batería gigante, y de este modo usaban su energía. ¿Era posible que Joaquim hubiera sido alguna vez un Caminante? No estaba muy seguro...

—En todas partes —Joaquim extendió los brazos hacia los lados, y su mirada parecía arder a través de la mía—. De aquí y de allá, de todo espacio y tiempo. De cualquier lugar donde haya muerto un Caminante, con la tecnología de los Binarios y...

—Basta ya.

207

A mi lado, Acacia se volvió, y sentí que se estaba poniendo rígida, pero no pude reunir la energía suficiente para girarme y mirar. Un segundo más tarde ya no me hacía falta, pues una nueva figura entró en mi campo de visión.

Ya había estado cara a cara con Lord Dogodaga, el líder de los Maldecimales. Lo había mirado de frente y no había parpadeado, ni siquiera cuando olí aquellas cosas muertas en su aliento ni cuando vi los gusanos que reptaban por sus dientes. Lo había mirado a los ojos y le había exigido que me diera lo que quería, y lo que es más, había salido vivo de aquello. No estoy fanfarroneando; necesito que entendáis por qué digo que no debería tener miedo a este hombre.

No era muy alto, y parecía una especie de cruce entre ese profesor de ciencias con cara de tonto y el niño al que siempre escogen el último a la hora de formar un equipo. Llevaba unos anodinos zapatos marrones y pantalones oscuros sin una sola arruga, una chaqueta de tweed y una pajarita. Y gafas de culo de vaso. Y detrás de aquellas gafas no había nada más que estática.

Hablo en serio. ¿Sabéis cuando tenéis desconectada la tele y en la pantalla solo se ve nieve? ¿Sabéis ese recurso tan habitual en las películas de terror, cuando la gente ve cosas en la nieve del televisor? Sus ojos eran así. No tenían pupilas, nada. Solo estática.

Aun así, sabía que me estaba mirando.

—Sí, Profesor.

La voz de Joaquim penetró con suavidad a través del hipnótico efecto de esos ojos, y parpadeé varias veces seguidas. Me escocían los ojos como si llevara horas frente a la pantalla de un ordenador.

Profesor. Este era el Profesor. 01101. El líder de los Binarios.

A nuestra espalda, entrando por la misma puerta por la que había entrado el Profesor, una docena de clones Binarios tomaron posiciones repartidos por la habitación. El Profesor nos observaba, y su chaqueta, sus gafas y su pajarita se me antojaban absurdamente anodinos.

—¿Has terminado ya de vaciarlo?

—Todavía no, Profesor. He hecho la conexión.

Asintió. Simplemente asintió. Y me miró. Y esperó.

Entonces lo entendí todo. Ya sabía por qué me sentía tan débil, y por qué Joaquim tenía los recuerdos del Anciano, y qué era lo que me había hecho un rato antes, antes de que lo hiciera caer por la ventana. Sabía lo que iba a decir antes de que el Profesor lo interrumpiera; y recordando el árido suelo de color óxido del que habían limpiado todo rastro de sangre, esperaba con toda mi alma estar en lo cierto.

—Eres un clon —le dije a Joaquim, y me llevé la satisfacción de ver que se detenía. Miró al Profesor, luego a mí, con una expresión de inseguridad en la cara—. Fuiste cultivado por los Binarios en un tanque, igual que una hortaliza.

Hice un gesto con la cabeza señalando a los exploradores.

—Y animado con las almas de los tuyos —añadió el Profesor.

Joaquim se limitó a mirarme.

Un grueso y frío nudo de temor empezaba a asentarse en mi estómago como una roca, luchando contra la rabia al rojo vivo que me provocaba el saber que habían utilizado la sangre de Jay. Si estaba en lo cierto, solo había una forma de explicar que aquel clon cultivado por los Binarios tuviera los poderes y las habilidades de un Caminante. Aquello desafiaba toda lógica, todo lo que me habían enseñado… y al mismo tiempo, encajaba perfectamente.

—Y por la magia de los Maldecimales.

—¿Qué? —La voz de Acacia era apenas un susurro.

—Estáis trabajando con los Maldecimales. —Me armé de valor y miré al Profesor, aunque no pude mirar aquellos ojos de estática mucho tiempo—. Vosotros lo cultivasteis, y ellos le dieron vida.

—Y me dieron el poder a mí —dijo Joaquim, y una repentina debilidad casi me hizo caer de rodillas—. Me dieron el poder de arreglarlo todo.

Acacia me cogió de la mano, aunque yo no sabía si estaba asustada o intentaba avisarme de algo. Al parecer no se trataba de ninguna de las dos cosas; vi un destello por el rabillo del ojo, y una sacudida me subió por el brazo. Se produjo un ruido a medio camino entre la descarga estática y el sonido de algo que se quiebra, y

Joaquim se tambaleó un poco hacia atrás. De repente me sentí muchísimo mejor. Acacia había roto el vínculo que Joaquim había creado conmigo.

Debería haber aprovechado ese momento para hacer algo, pero estaba demasiado aturdido, me pilló desprevenido, y además estaba paralizado por lo que acababa de comprender. Los Binarios y los Maldecimales... la guerra por la supremacía en la que se hallaban inmersos era una de las cosas que hacía tan necesaria una organización como InterMundo. Y ahora estaban trabajando juntos. Habíamos perdido la única ventaja que teníamos.

En pocas palabras, estábamos jodidos.

El Profesor miró a Acacia —solo la miró, nada más—, y ella se puso a gritar como si la estuvieran electrocutando y cayó al suelo.

La cogí a tiempo, y creo que pronuncié su nombre. No me respondió; tenía los ojos abiertos, pero no parecía estar consciente. Respiraba, pero no había forma de que reaccionara.

—Vacíalo —ordenó el Profesor, pero Joaquim dudó.

—Me llevará un rato. Es fuerte.

—Pues entonces tráelo. Y a la chica también.

Seguía dirigiéndose a Joaquim, pero los clones avanzaron para cogernos. Forcejeé para que no me separaran de Acacia, pero ella seguía inconsciente y eran demasiados. Joaquim me sonrió.

—Tú y yo, Joey. Los heraldos de la Noche de Escarcha.

Uno de los clones me golpeó con fuerza en la nuca, y a continuación me llevaron aturdido por pasillos y puertas mientras intentaba obstinadamente no perder la conciencia. Las palabras de Joaquim resonaban dentro de mi cabeza mientras los clones me arrastraban por los pasillos; la Noche de Escarcha. Había oído esa expresión antes. Se lo había oído decir a alguien...

Se acerca la Noche de Escarcha.

Alguien había pronunciado aquellas palabras en susurros. Había habido sangre en el rocoso suelo. Me miró, me advirtió y se murió.

Jay...

Pese a mis esfuerzos por permanecer consciente, debí de desmayarme al menos por un momento. Cuando recuperé la visión, estaba en una especie de jaula. No veía a Acacia por ninguna parte, pero Joaquim estaba a mi lado.

No; no era exactamente una jaula. Estaba rodeado de metal, pero era más que eso. Era una malla, transparente pero con forma más o menos humana. Había una parte redondeada para mi cabeza y sitio para mis brazos, que estaban extendidos a ambos lados de mi cuerpo. Tenía las manos inmovilizadas, mis muñecas estaban metidas en unas correas almohadilladas que se parecían a los brazaletes que se utilizan para medir la presión arterial. También tenía otras alrededor de los tobillos, y cientos de cables multicolores salían de ellas. Tenía correas en torno al pecho, la cintura y las piernas. Podía girar la cabeza, pero nada más.

Unos finos dedos de miedo me atenazaban el estómago. Eso era todo. Las correas estaban tan apretadas que apenas podía sentir los dedos, InterMundo debía de estar completamente cerrada debido al lento drenaje que estaba haciendo Joaquim. Tono seguía siendo una mera presencia en algún lugar de mi mente, y Acacia estaba inconsciente o algo peor. Había sido capturado por los Binarios, y solo un milagro podría liberarme.

Joaquim estaba atado con correas también, y no parecía en absoluto preocupado.

—Tú has hecho esto posible, lo sabes, ¿no? —dijo, como si yo estuviera ayudándole a terminar la obra más importante de su vida. Algo que, por mucho que yo no me hubiera prestado voluntario, puede que fuera verdad—. Me habría llevado días, incluso semanas, extraer toda la energía de InterMundo. No podía hacerlo de una sola vez. Somos demasiados. Lentamente, sí… Pero tú, Joey, eres uno de los Caminantes más potentes que tienen. Sin ti, esto me habría llevado meses…

Quería preguntarle a qué se refería con «esto». Quería preguntarle por qué él también estaba atado con correas. Quería preguntarle qué iba a suponer esto, o por qué estaba tan contento. Quería ceder al pánico, luchar y gritar. Pero solo acerté a murmurar:

—¿Dónde está Acacia? —Intenté levantar un poco la cabeza para mirar a mi alrededor.

—Resulta muy tierno que te preocupes por ella. Espero llegar a sentir amor algún día. La verdad es que hice muy buenas migas con Joliette. Me alegro de que sobreviviera al desprendimiento. Esperaba que todos sobrevivieran… pero tenía que hacerlo.

«Tenía que hacerlo.» Joaquim había provocado el desprendimiento, claro que sí. Necesitaba que la base estuviera cerrada, necesitaba que todos estuviéramos dentro para poder vaciar a tantos como le fuera posible. Ahora todo encajaba; la niebla que flotaba sobre Ciudad Base tras la muerte de Jerzy, lo que yo había interpretado como depresión… había sido algo tangible. El aspecto aletargado de Jo cuando regresó a la Base con Joaquim; así fue como obtuvo la fórmula para entrar en InterMundo, así fue como logró Caminar por el Entremedias. Le había robado a Jo su energía, sus recuerdos, y había entrado Caminando en InterMundo como un maldito héroe.

Y se lo habíamos permitido.

Estuve a punto de ceder al pánico, pero de repente me quedé muy tranquilo. Ignoré a Joaquim, y me concentré en recuperar la sensibilidad en mis extremidades. Después de todo, necesitaría usarlas si iba a intentar una huida tan arriesgada como aquella; aunque ni siquiera tenía un plan. No pensaba más que en no permitir que el traidor que tenía mi mismo rostro se fuera de rositas después de haber matado a Jerzy.

Flexioné los dedos de mi mano derecha, luego los de la izquierda, y finalmente conseguí que un poco de sangre comenzara a fluir por ellos. Eso estaba bien, pero venía acompañado de unos pinchazos espantosos; me olvidé de eso para tratar de averiguar qué demonios era aquel artilugio en el que estaba metido.

213

Los cables partían de mí y de Joaquim, formaban un manojo en el suelo y continuaban más allá de nuestros pies. Serpenteaban por el suelo —que tenía una serie de símbolos grabados en él, símbolos arcaicos que parecían sacados de una película de serie B— y luego se separaban en diversas direcciones, entrelazándose hasta formar una estrella de cinco puntas. Justo encima de la estrella había una máquina, la más rara que he visto en mi vida.

Reconocí algunos de los componentes gracias a mis estudios en InterMundo —transmisores, receptores, generadores, amplificadores—. Estaban todos juntos y revueltos alrededor de algo que parecía una bobina de Tesla gigante.

Completamente fuera de lugar entre todas aquellas máquinas había unas figuras vestidas con hábitos oscuros, y bajo sus capuchas no se veía nada más que oscuridad. Eran trece, y formaban un círculo en torno a la bobina.

No, gracias. Fuera lo que fuese, no quería formar parte de ello.

Ahora que estaba un poco más tranquilo, cerré los ojos y busqué un portal... e inmediatamente giré mi conciencia de nuevo a la seguridad de mi mente. Había cosas ahí fuera, cosas que percibían mi presencia, que sabían que estaba intentando Caminar... Me sentía como si anduviera sobre una tela de araña o como si me hubiera acercado demasiado a un cable pelado. Se me pusieron de punta los pelos de la nuca.

—Ya no debería tardar mucho —murmuró Joaquim, y por fin le presté atención.

—Muy bien, morderé el anzuelo. La Noche de Escarcha, ¿qué es eso? Fui prevenido... un viejo amigo me lo advirtió —solté rápidamente, pero Joaquim asintió como si me entendiera.

—Jay —dijo, y me di cuenta de que la serena rabia que me había invadido antes no era nada en comparación con lo que sentía ahora. La idea de que estuvieran usando el espíritu de Jay para algo como esto... Pero no, estas solo eran las almas de los Caminantes capturados. Yo había llevado el cadáver de Jay de vuelta a InterMundo, le había despedido, había hablado con su espíritu. Jay estaba a salvo, y Jerzy también.

Joaquim me lo confirmó unos segundos después, aunque yo estaba todavía demasiado enfadado para dejarme impresionar por el tono comprensivo de su voz.

—También tengo algunos de tus recuerdos, Joey. Solo unos pocos; no estuvimos conectados el tiempo suficiente para que pudiera hacerme con más.

—Pues yo no tengo los tuyos —repliqué—. Así que ilumíname. ¿Qué es la Noche de Escarcha?

—La revolución que lo reformará todo —contestó Joaquim con el entusiasmo propio de un fanático o un idiota.

—Muy bien —dije cuando dio por concluida su explicación, obligándole a mirarme a la cara mientras movía mi brazo derecho hacia los lados. Mi muñeca comenzaba a irritarse, pero me pareció que empezaba a aflojarse un poco. Quizá. Eso esperaba.

—La Noche de la Escarcha. La Ola de Ragnarok. El Armagedón, si quieres hacerlo más dramático. Es un solitón. Una explosión consciente de sí misma que dará nueva forma al tiempo y al espacio.

El repentino y desbordante asco que sentía en ese momento resultó ser milagroso a la hora de distraerme del dolor que me provocaban las correas al rozar mi muñeca.

—Así que les estás ayudando a destruir el universo. ¿Se puede ser más tópico? ¿Por qué los villanos nunca aspiran a algo medianamente racional?

Joaquín me sonrió maliciosamente.

—¿Y cuándo he dicho yo que eso vaya a destruir el universo? He dicho que le daría una nueva forma al tiempo y al espacio. Podemos hacer el universo, el Altiverso, o lo que queramos. No vamos a destruir nada: vamos a recrearlo.

En cualquier caso, aquello era aún peor.

—Muy bien —dije, hablando muy despacio, tratando de entenderlo—. Así que estáis recreando el universo. ¿Por qué? ¿No está bien como está?

—Ni mucho menos. ¡Mira las cosas espantosas que hemos visto, que yo he visto, en los pocos días que he estado en InterMundo! Cuantas más cosas aprendía allí, más conciencia tomaba de lo importante que era que nuestra misión tuviera éxito. Los recuerdos que he adquirido no hacen sino confirmarlo; tanto dolor, tanta rabia, tantas tragedias. Tanto caos...

—Joaquim. Esto no es más que sentido común: sin cosas malas, no hay manera de cuantificar el bien.

—Filosofía poética —replicó—. Me pregunto si todos estaríamos de acuerdo. ¿Sabes cuántos de nosotros han sido heridos? ¿Cuántos han sufrido abusos?

No lo sabía, y no quería saberlo. Todas mis paraencarnaciones nacieron de paraencarnaciones de mis padres, y simplemente no podía creer que mi cariñosa madre y mi jovial padre pudieran hacer daño a sus hijos ni siquiera en versiones alternativas de mi mundo.

Como si me leyera el pensamiento —y era posible que lo hiciera, puesto que técnicamente era un clon de mí mismo y tenía una estructura cerebral similar a la mía— Joaquim continuó:

—Mis padres imaginaron un universo mejor para nosotros, uno en el que reinen la paz y el orden.

Para el carro.

—¿Tus padres? Si eres un clon.

—Me dieron la vida, igual que a ti. Los Binarios y los Maldecimales.

—Pedazo de familia —murmuré, y creo que eso le enfadó de verdad.

—¡Mis padres están dando nueva forma al Altiverso entero por mí! ¿Crees que los tuyos harían lo mismo?

—No, porque los míos están cuerdos.

—¡Joe!

Me llevé un susto; era Acacia. Miré a mi alrededor desesperado, buscándola. Oí un disparo láser a mi derecha; un segundo después, vi pasar rozando mi jaula a uno de esos glóbulos de mercurio que disparaban los clones Binarios. Acacia estaba enfrentándose a ellos —a todos ellos— con una combinación de artes marciales y varios artilugios que llevaba en el cinturón.

—¡Joe, Camina! —gritó—. ¡Ya! ¡Tienes que Caminar!

Joaquim habló sin perder la calma.

—Están listos.

Las máquinas cobraron vida a mi alrededor, y no podría haber Caminado ni aunque hubiera estado dispuesto a separarme de Acacia. Me sentía como si estuviera en el corazón de la turbina de un jet, y todo lo que sabía sobre Caminar —o sobre cualquier otra cosa— daba vueltas y vueltas en mi cabeza como las tazas locas de las atracciones. Por un momento no sabía dónde estaba, ni quién era, y entonces Acacia gritó mi nombre de nuevo y oí unos cánticos que venían de la estrella de circuitos. No entendía lo que decían, pero para el caso podían estar hablando mi idioma que no me habría enterado de nada. En ese momento no hubiera sido capaz ni de recitar el alfabeto.

Joaquim parecía estar en una montaña rusa, con los ojos encendidos, más animado de lo que lo había visto nunca, pese a que los dos estábamos atados al mismo conductor. Las luces azules —las almas— que habían estado bailando a su alrededor habían desaparecido.

No, desaparecido no. Los cables que salían de la máquina brillaban con luz azul, y podía oírlos. Por encima de los cánticos, por encima del ruido de los motores y las máquinas, podía oírlos.

Estaban gritando.

La luz fluía a través de los cables hacia aquella cosa que parecía una bobina de Tesla, y una esfera crecía lentamente encima de ella. Era un hielo azul y húmedo, y se agitaba como si tuviera dentro una tormenta. Había otra esfera que la rodeaba, alimentada por la energía de las trece figuras con hábito que cantaban. Estaban conteniéndolo, fuera lo que fuese. La Noche de la Escarcha se acercaba...

De repente, todo se paró. La última de las luces azules fue absorbida por la creciente esfera, y las figuras con hábitos cambiaron de canto. Yo seguía dando vueltas. Sentía como si me hubieran succionado parte de mi alma, pero al menos ahora podía entender lo que decían.

—Por la ciencia y la magia engendrado, por la hechicería contenido y amarrado por la tecnología...

Aquello no sonaba bien.

Joaquim ya no estaba tan entusiasmado. Se le caía la cabeza como si le pesara demasiado, y tenía la piel pálida y húmeda. Yo lo había pasado muy mal, pero no me sentía ni mucho menos tan débil como parecía él.

Alzó la cabeza, y era evidente que le había costado un gran esfuerzo.

—Profesor...

Parecía asustado. Admito que sentí pena de él; vi en sus ojos que empezaba a comprender y su expresión me heló la sangre.

—¡Profesor!

No veía por ningún sitio al líder de los Binarios. Allí solo estaban los encapuchados, que seguían cantando, los clones que vigilaban y los que finalmente habían conseguido reducir a Acacia. Ya no luchaba; miraba la creciente esfera de energía con el mismo terror que empezaba a mostrar Joaquim.

Las trece figuras alzaron los brazos, y los bajaron todos a la vez; y algunos de los clones, que estaban junto a unas piezas de maquinaria cerca de las paredes, se pusieron a apretar botones e interruptores. Los cables cobraron vida de nuevo, y Joaquim comenzó a forcejear.

—¡Profesor! —gritó, aunque su voz apenas se oía entre el ruido de las máquinas y los cantos de los encapuchados—. Profesor, ¿qué es esto?

Sabía por qué Joaquim tenía tanto miedo. Tenía la sensación de que me estaban extrayendo toda la sangre de las venas gota a gota, de que estaban succionando cada átomo de mi quididad y reemplazándolos con promesas vacías, con ecos de lo que una vez fui. Solo tardé un segundo en reconocer aquella sensación. Había sentido el mismo vacío después de que el Anciano borrara mis recuerdos y me quitara la capacidad de Caminar... La mayor parte de los días estaba bien, pero cuando me tumbaba en el silencio de mi habitación, me echaba a llorar y me preguntaba por qué. Era porque me había quitado todo lo que yo era.

—Quieto —ordenó la voz del Profesor, imponiéndose sin problemas sobre el estruendo, pese a que seguía sin verlo por ninguna parte—. Fue para esto para lo que te creamos, Joaquim. Cumplirás tu propósito y harás posible la revolución del mundo.

—¡No! —gritó, y forcejeó con auténtica desesperación—. No quiero...

Se produjo un destello azul, tan luminoso que tuve que cerrar los ojos, aunque duró apenas un instante. Las máquinas que teníamos alrededor chisporrotearon, y el penetrante olor del humo alcanzó mi nariz. El transmisor que estaba más cerca de Joaquim se había incendiado. Algunos de los clones, obedeciendo a una señal tácita, corrieron a apagarlo; pero Joaquim seguía forcejeando, con el cuerpo envuelto en un fulgor azul, mientras sus fusibles se iban cortocircuitando uno a uno. En sus ojos había el mismo miedo que he sentido yo una docena de veces desde que llegué a InterMundo. Era el temor a la muerte.

—¡Joe! —gritó Acacia desde algún lugar a mi derecha—. ¡Ayúdale!

¿Ayudarle? No tenía ni idea de cómo ayudarle; ¿qué podía hacer yo? Y más importante aún: ¿por qué iba a hacerlo? No era más que un clon Binario, imbuido con el poder robado a los Caminantes...

Los cables conectados a Joaquim echaban chispas, y vibraban mientras él forcejeaba. Con una fuerza nacida de la desesperación, se liberó un brazo y lo estiró hacia mí. Parecía aterrorizado.

Pese a que tenía el brazo irritado casi desde los nudillos hasta el codo, había conseguido aflojar la correa lo suficiente como para liberarlo. La misma serenidad que había sentido antes, cuando Joaquim mencionó el desprendimiento, me envolvió como una manta. Entonces supe lo que tenía que hacer.

Con toda la fuerza de voluntad de que fui capaz, saqué lo que quedaba de mi energía de los cables, de los fusibles y de la gigantesca esfera que palpitaba con avidez en el centro de la habitación. La reclamé, y cogí la mano de Joaquim. El resplandor azul se extendió hasta envolverme, súplicas y susurros rozando mi mente. *Úsanos* —decían—. *Libéranos. Caminemos de nuevo.*

Cerré los ojos, busqué el núcleo de mi energía dentro de mí, me centré, tal como me habían enseñado, y dejé que explotara hacia fuera, concentrándome en los fusibles que tenía alrededor. El canto se perdió por un momento entre el ruido de la electricidad, de los cables que chisporroteaban. Usé las almas igual que había hecho Joaquim, dirigiéndolas para que quemaran mis correas. Fue muy fácil.

Ya estaba de pie, y no estaba enjaulado, ya no estaba

cautivo. Ahora era el ojo de la tormenta, inmune al caos que me rodeaba. El cántico, los fuegos, los fusibles; nada de eso me tocaba. Los clones me disparaban, y activé mi disco escudo con el pensamiento, los proyectiles resbalaban y caían al suelo. Tenía conciencia de toda la habitación, el flujo y reflujo de la energía, la gente que había allí. La Noche de la Escarcha, que no dejaba de crecer, absorbía con avidez el poder de los Caminantes.

Y un portal. Aquí. *Ahora.*

Extendí una mano hacia Acacia, que seguía en manos de los clones Binarios. *Liberadla.*

Las lucecitas azules se movieron entre mis dedos trazando arcos como si fueran estrellas, o fuegos artificiales, y volaron hacia Acacia. Cada una de ellas tocó a un clon, y uno por uno cayeron todos en unos instantes. Ya no me detuve ante nada. Harían lo que yo les pidiera, de eso estaba seguro. Me volví hacia Joaquim y la máquina, y alargué la otra mano. Las luces azules vacilaron. Ayudadle, les ordené, pero titubeaban.

—¡Joe! —Acacia estaba ahora a mi lado, agarrándome la muñeca—. No puedes salvarle, tenemos que Caminar…

—¡Fuiste tú la que me pidió que le ayudara!

Me encogí de hombros y di unos pasos en dirección a las máquinas. Joaquim me miraba, con los ojos desorbitados y muy asustado, estirando la mano que había logrado liberar, intentando acortar desesperadamente la distancia entre nosotros.

—Para sacarte de la máquina, para que recuperaras tu energía…

De repente sentí una llamarada de ira en mi pecho. ¿Me había pedido que le ayudara solo para utilizarlo? No; nosotros éramos mucho mejores que eso. Teníamos que serlo. Yo tenía que serlo.

Me alejé de ella a tropezones y me dirigí hacia
Joaquim. Un paso, dos, tres…

—¡No puedes ayudarle!

Me echó las manos al cuello y se colgó de mí intentando detenerme. Vacilé cuando se apretó contra mi
hombro, que aún no se había curado de la fractura
sufrida por el desprendimiento que había provocado
Joaquim. La electricidad chisporroteaba a nuestro alrededor, la energía se ondulaba, vibraba una y otra vez,
rebotando por toda la habitación. Las trece figuras en-
capuchadas seguían intactas alrededor de la estrella de
circuitos, con los brazos a los lados, cantando una vez
más en un idioma que yo, a pesar de todo lo que me habían enseñado en InterMundo, era incapaz de entender.
Fuera lo que fuese lo que estaban haciendo, no parecían
ocuparse de nosotros; las lucecitas azules iban apagán-
dose una por una. No sabría decir si estaban siendo li-
beradas o se estaban muriendo.

—Casi ha terminado —me dijo Acacia al oído,
clavándome sus rotas uñas en el hombro y en el pecho—. Eres tú el que lo alimenta ahora mismo, tú y
él…

—Entonces deberíamos sacarle de aquí…

—No puedes, Joe, ¡es demasiado tarde! Él no tiene
esencia propia… Es una conciencia animada por cosas
muertas que ya lo han abandonado…

—Pero es una conciencia —grité, quitándomela de
encima.

Avancé dos pasos hacia Joaquim antes de pararme
en seco. A mi alrededor soplaba el viento, los fuegos
ardían y los clones estaban siendo reducidos a cenizas
por cien pedazos de mi alma, y Joaquim seguía tendién-
dome la mano… pero allí no había nada. Ya no había
nada en sus ojos, ni furia ni odio ni miedo. Ya no me

miraba, en realidad no. Miraba a través de mí. Extendía su mano hacia las luces.

La mano de Acacia se deslizó en la mía. No podía apartar los ojos de aquel rostro, mi rostro, con aquellos ojos muertos.

—Camina, Joe —me susurró Acacia, y de algún modo la oí, pese al caos que reinaba a nuestro alrededor.

Tragué saliva y cerré los ojos. «Lo siento», pensé dirigiéndome a las luces, lo mismo que les había dicho a los recuerdos en el Muro de sus sucesores, de los Caminantes que les sucederían en el futuro, dentro de muchos años. «Lo siento mucho.»

Respiré hondo y busqué la puerta en mi mente. Se abrió, y seguí el camino que era mi hogar, dejando allí a los Caminantes muertos y al que estaba ya vacío.

Capítulo quince

De la docena de planetas prehistóricos en los que InterMundo creó su hogar, mi favorito seguía siendo el primero que visité. Sé que suena raro, pero en cierto modo lo sentía como mi hogar; me resultaba todo muy familiar, pese a que los puntos de referencia de todos esos planetas son casi idénticos. El caso es que me daba igual si eran imaginaciones mías, o nostalgia del primer mundo que visité después de abandonar el mío. Los atardeceres siempre me parecieron más rosados, los amaneceres más luminosos, el cielo más azul. Aquel día no fue una excepción. Acacia y yo estábamos en un risco con vistas a un gran valle, tan cerca que nuestras ropas se tocaban con la brisa. El valle era hermoso; todo a nuestro alrededor estaba en calma; el sol se estaba poniendo.

Llevábamos allí de pie, en silencio, varios minutos, esperando a que InterMundo viniera a recogernos. Tenía lágrimas en la cara, y no me importaba que ella las viera.

—Sé que querías salvarle —dijo sin mirarme—. Lo siento, Joe, de verdad que lo siento.

—¿Qué era eso?

—No lo sé.

—Me ha dado la impresión de que lo sabías.

—Yo... —Esquivó mi mirada, y resultó muy sorprendente, porque ni siquiera me estaba mirando—. No sé qué era exactamente. Sé que era la cosa más aterradora que he sentido en mi vida. Sentía que... podía borrarme sin más. Yo puedo echar el ancla en cualquier tiempo y lugar del Altiverso, Joe. Puedo correr tan deprisa y tan lejos como quiera. —Se interrumpió un momento, y cuando continuó, lo hizo en voz muy bajita—. Creo que no podría correr para escapar de eso.

—Él lo llamó la Noche de la Escarcha —dije al cabo de unos instantes, contemplando una bandada de pájaros que volaban a ras de un lago a lo lejos—. Ya me habían prevenido antes.

Acacia meneó la cabeza.

—Yo nunca lo había oído.

—¿Llegó a completarse? —pregunté, temiendo la respuesta—. Dijiste que era yo el que la alimentaba. ¿Llegaron a...?

—No lo sé —volvió a decir—. No... Creo que no.

—Tenemos que averiguar qué es lo que hace exactamente.

—Podemos regresar a los Vigilantes del Tiempo, mirar en los archivos...

—No —la interrumpí, desviando la mirada hacia el cielo—. Primero tenemos que informar.

Acacia se quedó callada unos instantes.

—Yo no informo a InterMundo, Joe —dijo como disculpándose. Me volví hacia ella y la miré a los ojos. Me alegré de que alguien me devolviera la mirada.

—Eso no significa que no puedas llegar a hacerlo, Acacia. —Arrugó el ceño un poco, pero me permitió el diminutivo y pensó en lo que le decía—. Tú estabas allí también. Viste todo lo que sucedió. Yo...

Ahora era yo el que tenía que apartar la vista y tragar saliva para afrontar la repentina desesperanza que se me asentó en la boca del estómago.

—Me arriesgo a que me expulsen otra vez si vuelvo yo solo con otra historia absurda. He visto las muertes de dos Caminantes; tres si contamos a Joaquim. Cientos de ellos, si contamos aquellas almas. He visto el final de InterMundo gracias a ti.

Se le cortó un momento la respiración y se revolvió un poco, pero continué hablando.

—Firmé la salida para salir a Caminar, y accidentalmente me traje el ser sobre el que me previnieron cuando llegué allí, un ser que asusta incluso a una Agente del Tiempo y que robó las esencias de cientos de los míos para alimentar una máquina infernal. Tú ven a informar conmigo, ¿vale?

Acacia me miraba, con una enloquecedora sonrisilla que empezaba a elevar las comisuras de sus labios.

—Así que me estás pidiendo que te ayude.

—Es lo menos que puedes hacer para compensar tu traición.

Se quedó quieta.

—Joe…

—Solo intentabas ayudarme, lo sé.

—No, estaba intentando salvarte. Había un flujo masivo de energía en el InterMundo original que había provocado, ahora lo sé, Joaquim. No sabía quién era el traidor, pero tenía que comunicarle al Capitán Harker que había uno, y podía haber sospechado de ti como de cualquier otro. Aún más. Y eso en el caso de que él hubiera podido hacer algo al respecto, y con la cantidad de energía que les estaban robando lo dudo mucho.

—Joaquim tenía sus recuerdos —dije en voz baja, cogiéndole las manos. Ella me dejó y asintió—. Era porque los estaba robando, ¿verdad? Les estaba robando la energía, lo mismo que intentó hacer la máquina conmigo.

Acacia volvió a asentir

—Así que es posible que todos estén...

Me vino a la cabeza la imagen del InterMundo del futuro, abandonado y en ruinas...

—No, están estables. Te lo prometo; están todos bien. Solo que... no sé si vendrán, Joe.

—¿Por qué no?

—Si tú fueras el Capitán Harker, y tuvieras en tu nave a un traidor que está drenando lentamente la energía de todos, ¿qué harías?

—Intentar descubrir al traidor.

—¿Y si el traidor ya se ha marchado para cuando lo encuentres? ¿Y si ya se ha llevado lo que necesita y se ha marchado?

—Intentaría romper toda conexión. No...

Entonces lo entendí, de repente. Intentaría romper toda conexión. Llevaría la nave fuera del tiempo, lo más rápido posible, y me alejaría del receptor tanto como pudiera. Lo noquearía. Y que Dios amparara al que se quedara atrás.

—No van a venir —dije, y mi voz me sonó extraña.

—Lo siento, Joe.

Me quedé callado, quieto, cogiendo las manos de Acacia. No había nada que pudiera decir.

$$\{IW\}:=\Omega/\infty$$

me había llevado de vuelta a mi hogar, pero mi hogar estaba lejos de mi alcance.

—Ven a los Vigilantes del Tiempo conmigo —me dijo, apretando suavemente mis manos para obligarme a mirarla, aunque no quisiera—. Como invitado. Como amigo.

Me quedé mirándola un momento, contemplando la esperanza en su rostro, el deseo de hacerme entender.

—¿Nada de celdas?

Acacia sonrió, luminosa.

—Nada de celdas. Nada de campos de detención y nada de Centinela.

—Ah, ¿así los llamáis? ¿A esos tipos grandotes que parecen agentes secretos hormonados?

Se echó a reír con los ojos chispeantes.

—El Centinela. Es nuestro guardia principal.

—¿Vuestro guardia principal? ¿Para toda la organización de los Vigilantes del Tiempo?

—Tiene más de una forma.

—¿Y alguno de ellos habla por su propia boca, o forma parte de la estrategia de intimidación?

Volvió a reír. La idea de irme con ella me resultaba cada vez más apetecible.

Me miró y la miré, y ambos sonreíamos.

—Me gustas más cuando no necesitas tener siempre la última palabra —le dije, y ni siquiera parpadeó.

—Me gustas más cuando no intentas impresionarme.

—Qué va, dejé de intentarlo cuando te enfrentaste al Anciano.

—No es tan temible.

Pensé en la foto que encontré en el escritorio del Anciano, en la que estaban él y una versión de Acacia algo mayor, pensé en cómo sonreían. Me pregunté si alguna vez ella estaría con él, o si ya habría estado. Me pregunté si esto se consideraría ligar con la novia de mi jefe, pero cada vez me importaba menos porque ella empezaba a inclinar la cabeza y a acercarse a mí, y estábamos abrazados, y al fin y al cabo ni siquiera sabía si volvería a ver al Anciano alguna vez, o InterMundo.

No debería haberme sorprendido cuando algo gigantesco tapó el sol, justo cuando estábamos tan cerca que podía sentir su aliento. No debería haberme sorprendido cuando la nave se materializó justo encima de nosotros, pero el caso es que me sorprendí, y todavía me sorprendí más cuando al mirar hacia arriba vi que no era InterMundo.

Era peor que el Maléfico y que esa horrible máquina de la Noche de Escarcha juntos. Era más grande y más oscuro que cualquier otra cosa que haya visto, y tenía un halo —no, un miasma— de partículas diminutas como las de los anillos de Saturno, solo que estos giraban como una nube de avispas alrededor de un nido atacado. Y lo peor de todo es que no hacía ni el más mínimo ruido, como un animal acechando a su presa.

Cogí a Acacia y nos colocamos detrás de un árbol cuando las partículas se arremolinaron y salieron disparadas en todas direcciones. En menos de un minuto habían tapizado el cielo por completo, como nubes de tormenta en un cielo de verano.

No nos atrevíamos ni a susurrar, casi ni a respirar. El halo se iba haciendo cada vez más denso, hasta que se puso negro como una noche sin luna, y el cielo se agitó como si fuera una criatura viva.

Luego, muy arriba y un poco más allá de donde estábamos, vi la silueta de algo, un parpadeo, una sombra; de pronto desapareció y volvió, y desapareció otra vez, pero había podido distinguir su forma, y la conocía tan bien como mi propio corazón.

La nave negra comenzó a parpadear también, pero no al mismo tiempo que la otra forma, y las partículas giraban cada vez más rápido en el cielo, formando re-molinos y retorciéndose en torno a la otra. Lenta-mente, comenzaron a parpadear al unísono.

Los Maldecimales habían encontrado InterMundo; y otra cosa nos había encontrado a nosotros.

Yo empecé a dar vueltas, todavía abrazado a Acacia; pero no podía protegerla del aire, de la nebulosa que permeaba toda la zona. Ni siquiera supe qué fue lo que la alcanzó, pero dio un grito y se quedó inerme en mis brazos. Intenté permanecer a su lado, como cuando los Binarios me habían separado de ella, pero algo me golpeó en el hombro herido. Me doblé por la mitad; la única manera de evitar romperme una costilla era pro-tegerla con mi propio cuerpo. La oscuridad se hacía cada vez más densa, más pronunciada, y perdí de vista a Acacia.

Unas sombras pasaron por delante de mí y se fu-sionaron, formando fuertes manos que me atenazaban la garganta. Sentí que los pies se me separaban del suelo mientras la oscuridad continuaba tomando forma, transformándose en la figura que veía en mis pesadillas.

Lord Dogodaga.

—Nos volvemos a encontrar, chaval.

Sonrió, pero la expresión de su cara no resultaba en absoluto agradable. No me molesté en intentar soltarme; era demasiado fuerte para eso. Deslicé una mano hasta mi cinturón, buscando mi disco escudo. No sabía cuánta carga le quedaba ni si podría hacer algo con la mano que me atenazaba la garganta, pero en ese momento era mi mejor opción.

Me soltó la garganta, pero sus garras se cerraron en torno a mi muñeca antes de que lograra coger el disco. Me agarraba con fuerza, pero lo que más me preocu-paba era la sensación que me producía sentir su pelo contra mi piel. Era cálido y pegajoso, y tenía impregnada una sustancia viscosa que deseaba con toda mi alma que no fuera sangre. Seguía sin ver a Acacia. Alcé la vista, no podía hacer otra cosa, miré la vaga silueta de mi hogar que se movía de un lado a otro del cielo.

—Tu nave no va a venir a recogerte, chico. —Sus rojos ojos estaban muy abiertos, y tenía las orejas tiesas de excitación. Por su expresión me recordó a un perro, pero de un modo inquietante; una siniestra parodia de algo que suele ser agradable y familiar—. Pobre cachorrito, abandonado por su manada… No podrían venir a buscarte, ni aunque quisieran.

Por fin, por fin, vi movimiento detrás de él. Acacia forcejeaba intentando ponerse de pie, usando el grueso tronco del árbol que tenía detrás para apoyarse. En una mano tenía el cachivache pequeñito que había utilizado para disparar a J/O. Lo alzó, apuntó…

Lord Dogodaga se dio la vuelta y me soltó la garganta. De un manotazo, la desarmó y la tiró al suelo. Vi la cara de Acacia un instante mientras se caía; le sangraba la nariz y tenía los ojos cerrados en una mueca de dolor.

Me había soltado; algo es algo. Cargué todo mi peso en una pierna, y apoyándome en la mano con la que me sujetaba la muñeca, alcé la otra pierna hacia su cara. Me cogió del tobillo y tiró, haciéndome caer al suelo. Sonrió, mostrando sus afilados dientes, y me retorció la muñeca. Sentí que algo se rompía, y tardé un instante en darme cuenta de que aquel horrible grito de dolor había salido de mi garganta.

—Tu nave está varada fuera del tiempo, Caminante —susurró, y su voz estaba a medio camino entre un gruñido y un ronroneo—. Tú eres el último, y mereces ser elogiado. Fuiste tú quien hizo todo esto posible.

231

No sabía si intentaba hacerme perder los estribos, o si realmente era así de malvado; a esas alturas me daba igual. Ya no sentía los dedos, y Acacia no se movía. No sabía si el dolor de la muñeca me estaba mareando, o si Acacia estaba empezando a brillar de verdad. La verdad es que todo resultaba un poco confuso.

Intenté meter una pierna entre los dos para quitármelo de encima de una patada, y poder enfrentarme a él de nuevo, pero era demasiado fuerte. Sentía en la cara su aliento rancio, el olor dulzón y mareante de la carne podrida.

—Fuiste tú quien destruyó mi nave, pequeño Caminante. Y al hacerlo, me enseñaste cómo derrotarte. Ahora estamos en paz, ¿no? Podría matarte, pero tengo en mente algo mucho mejor.

Una diminuta brizna de esperanza comenzó a crecer dentro de mí. Si no iba a matarme, de cualquier otra cosa podía librarme. Si quería cocerme hasta que no quedara de mí más que mi esencia para capturar mi alma, ya había escapado de eso una vez. Sabría manejarlo.

—Matarte será un acto de bondad; ya has fracasado. Puedes Caminar, pero ¿adónde irás? No puedes regresar a tu nave, y los escasos y preciosos momentos que te quedan no bastarán para detenernos. La Noche de La Escarcha se acerca, pequeño Caminante. Ya lo has visto.

Empecé a notar algo extraño en la tierra que tenía bajo mis pies, parecía que se estaba volviendo más blanda; o quizá era yo el que se hundía. Aparté la vista de su cara el tiempo suficiente para mirar la hierba que tenía debajo, y mis ojos se abrieron de par en par.

Se estaba marchitando. A ojos vista, se fue volviendo marrón y seca, y se marchitó justo bajo mis pies. El olor a podrido me envolvió, y oí el zumbido de los insectos alrededor de mis ojos, vi moscas muertas que caían del cielo.

—La energía que le dará nueva forma a todo. —Su voz resonaba en mis oídos, todo a mi alrededor sonaba como un eco—. La Noche de la Escarcha. La Ola de Ragnarok. Nuestro Sueño de Plata.

La oscuridad seguía extendiéndose. Al principio pensé que estaba perdiendo el sentido, luego me di cuenta de que el suelo se estaba volviendo negro de verdad.

—Vivirás para verlo, pequeño Caminante. Y no podrás Caminar lo bastante lejos.

El suelo cedió bajo mis pies, y según empezaba a caer, vi el cuerpo de Acacia iluminado por un fulgor verde. Brilló y desapareció, y yo caí al Noquier.

Epílogo

Solo estuve allí unos instantes, pero me pareció una eternidad. El Noquier, a su manera, resultaba tan desorientador como el Entremedias. En lugar de todo, allí no había absolutamente nada. Ni ruido, ni luz, ni aire; por lo menos al principio no. Cuando llevabas unos segundos allí, te dabas cuenta de que no estabas solo, de que había cosas en la oscuridad que sabían exactamente quién eras.

La otra vez que estuve allí, logré dirigirme a voluntad. Intenté concentrarme ahora para hacer lo mismo, pero el dolor era demasiado intenso; estaba demasiado cansado, demasiado preocupado, demasiado asustado. Y demasiado perdido. No sabía hacia dónde iba, pero sabía que no podía ser InterMundo. No podía volver a casa.

Justo cuando me preguntaba si el plan de Lord Dogodaga era dejarme atrapado en el Noquier para siempre —una idea aterradora, tengo que admitirlo—, vi un puntito a lo lejos. Fue haciéndose más grande a medida que me acercaba a él, y se volvió tan luminoso que tuve que cerrar los ojos. Tan pronto como los cerré, fue como si de repente ganara a un tiempo peso y masa, y me dirigiera hacia la muerte en caída libre. Fueron dos segundos de pánico indescriptible antes de caer al suelo.

Para mi sorpresa, no me dolió; no mucho al menos. Aunque tenía la sensación de haber estado cayendo una eternidad, caí desde una altura de dos o tres pies.

Sí, el suelo. Olía a polvo y a hierba, y cuando abrí los ojos, eso era exactamente lo que tenía debajo.

Gemí y rodé sobre el costado. La muñeca me dolía más que en toda mi vida —incluso más que el hombro que me disloqué en el desprendimiento— y estaba seguro de que esta vez me había roto una costilla. Estaba solo… ¿otra vez en el mundo del que venía? No… Oía algo a lo lejos. ¿Naves?

No.

Era otra cosa.

Me senté, mirando con incredulidad a un lado, donde había máquinas moviéndose en filas.

Coches.

Logré ponerme de pie y caminé hacia ellos. Estaba en un parque, y había un banco que me resultaba familiar. También aquella estatua de piedra. Las placas de las calles tenían nombres que yo conocía.

Estaba en casa. No en la Ciudad Base de Inter-Mundo, en casa. Mi casa.

Mi mundo.

Lord Dogodaga no solo me había permitido seguir con vida, me había enviado de vuelta a casa.

La Noche de la Escarcha se acerca —me susurró su voz dentro de mi cabeza—. *Y tú vivirás para verla, pequeño Caminante.*

La energía que le dará nueva forma a todo…

Los Binarios y los Maldecimales querían darle una forma nueva al Altiverso, para adueñarse de él. Para recrear a su antojo todos los mundos. Me había enviado de vuelta a mi hogar, pero en poco tiempo no existiría mi hogar. Sería borrado, y yo con él.

Fui cojeando hasta la intersección, respirando tan hondo y tan regularmente como el dolor me permitía.

Si no estuviera aquí, estaría muerto —decía en mi cabeza la voz de Jerzy, en una de nuestras primeras conversaciones—. *Le debo la vida a InterMundo.*

Yo podía decir lo mismo. La primera vez había Caminado sin querer, y aquello había llamado la atención de los Maldecimales. Habían enviado gente a buscarme, y de no ser por Jay me habrían capturado y me habrían matado. Habría sido una de aquellas lucecitas que animaban a Joaquim.

No podrás Caminar lo suficientemente lejos —había dicho Lord Dogodaga.

Respiré hondo y busqué un portal. El terror tan paralizante que sentía al pensar que no encontraría ninguno fue reemplazado un segundo después por un alivio lo suficientemente intenso como para hacer temblar mis rodillas.

No podía regresar a InterMundo, pero todavía podía Caminar. Todavía podía percibir los portales. Todavía podía moverme entre mundos. Encontraría más como nosotros.

Cuadré los hombros, y el entrenamiento hizo lo demás según me movía a pesar de las heridas. No iba a dejar que unos cuantos huesos rotos me detuvieran, ahora no. Tenía muchas cosas que hacer. Tenía la voluntad, y los medios, y más aún; muy lejos de aquí y en otro tiempo, tenía una nave.

Y podía Caminar más lejos de lo que Lord Dogodaga pudiera llegar a soñar.

237

ESTE LIBRO UTILIZA EL TIPO ALDUS, QUE TOMA SU NOMBRE
DEL VANGUARDISTA IMPRESOR DEL RENACIMIENTO
ITALIANO ALDUS MANUTIUS. HERMANN ZAPF
DISEÑÓ EL TIPO ALDUS PARA LA IMPRENTA
STEMPEL EN 1954, COMO UNA RÉPLICA
MÁS LIGERA Y ELEGANTE DEL
POPULAR TIPO
PALATINO

* * *
* *
*

EL SUEÑO DE PLATA
SE ACABÓ DE IMPRIMIR
EN UN DÍA DE PRIMAVERA DE 2014,
EN LOS TALLERES GRÁFICOS DE EGEDSA,
ROÍS DE CORELLA 12-16, NAVE 1
SABADELL (BARCELONA)

* * *
* *
*